致凌云

Zhi Lingyun

东 西 主编

漓江出版社

图书在版编目（CIP）数据

致凌云 / 东西主编. —— 桂林：漓江出版社，
2018.8
ISBN 978-7-5407-8464-5

Ⅰ.①致… Ⅱ.①东… Ⅲ.①中国文学－当代文学－
作品综合集 Ⅳ.①I217.1

中国版本图书馆CIP数据核字(2018)第182485号

——————————————————————————————

致凌云
ZHI LINGYUN

出 版 人：刘迪才
主　　编：东　西
策划编辑：何　伟
责任编辑：苏子新
装帧设计：璞　闻

出版发行：漓江出版社
社　　址：广西桂林市南环路22号
邮　　编：541002
发行电话：0773-2583322　　0771-5825315
传　　真：0773-2582200　　0771-5824817
电子信箱：ljcbs@163.com
网　　址：http://www.lijiangbook.com
印　　刷：广西昭泰子隆彩印有限责任公司
开　　本：889 mm×1194 mm　1 / 24
印　　张：10.25
字　　数：300千
版　　次：2018年8月第1版
印　　次：2018年8月第1次印刷
书　　号：ISBN 978-7-5407-8464-5
定　　价：48.00元

《致凌云》编委会

◇

总策划

伍奕蓉　莫　庸　韦将良　岑景蔚

◇

主　任

何大功　黄凤萍

◇

副主任

黄金亮　韦武军　腊家顺　王玉妮

◇

委　员

祝有慧　罗　南　冉景奎　毛文生

◇

主　编

东　西

目录。

<　第一章　寿乡行思

第三章　云城寄情

第一章　寿乡行思

七彩茶山－肖发凌 摄

在广西的凌云

毕飞宇

◎湖中岛屿－闭健辉　摄

　　广西有个县，叫凌云，凌云有个村，叫浩坤村。对了，浩坤村有一个湖，它叫浩坤湖。浩坤湖有惊人的美。依照网络时代的思维，我估计，一定是先有了浩坤湖才有了浩坤村的，所谓的浩坤村，只不过蹭了浩坤湖的流量与热度。

　　我说浩坤湖有惊人的美一点也不是我抽风。它的颜色实在是太漂亮了，娇媚，剔透，几乎复制了树叶的那种绿。我想，这还是得益于独特的喀斯特地貌，在浩坤湖的四周，全是拔地而起的陡峰，像骆驼的背脊一样。而那些山峰的倒影就落在浩坤湖的湖水里了——水是随物赋形的，也是随物赋色的，浩坤湖就这样变成了树的叶子。

　　我的家乡也有湖，我的家乡有更多的水，同时还有一望无际的泥。在我的家乡，湖水的颜色当然就是泥土的颜色。我习惯了那样的颜色，它固然是美的。在我第一次看到浩坤湖的时候，它居然绿成了那样，我觉得不真实。不真实，说白了就是一种臆态的美。我把手放进浩坤湖的水里，我看见我的手指被浩坤湖水的折射拉长了，很魔幻，一把就抓住天空。

　　老实说我只想跳进湖水。作为一个水乡长大的人，我擅长潜泳。我喜欢在水下睁开我的眼睛，我喜欢湖水划过眼珠的那种感觉，平滑，清凉，会产生一种被抚摸的战栗。这种战栗一直是我童年深处的基本内容。

　　而我也格外喜欢浩坤湖四周的那些山。一般说来，山峰都是群居的、集体的、抱团的，"层峦叠嶂"说的就是

◎ 云中山城—肖发凌 摄

这么一回事。在广西，因为喀斯特地貌的缘故，每一座山峰都是独立的、个人的。它独当一面，谁也不代表谁，谁也不替代谁。这样的个性我喜欢。这和广西的文坛非常像，我可以清晰地知道哪一座是东西，哪一座是鬼子，哪一座是凡一平。我非常赞赏广西文坛喀斯特地貌的那个派头，孤独。话又说回来了，不孤独还做什么作家呢。

刚才我说了，我的故乡是一马平川的平原，平原像巨大的棋盘，那些村庄就一坨一坨的，散落在这个平面上。然而，凌云的村庄却不是一坨，它因地制宜，很细碎。这里有

一块空地，就是三四家，那里有一块空地，再有四五家。这一来，凌云的村子就成了这样的格局：高高低低的，远远近近的，到处都是。有些住户很绝，干脆把他们的屋子建在了高山上，我仰起头，心里头禁不住就想了，他们每一次回家都是智取华山吧。——如此一来，村子里的人都是如何社交的呢？

显然，我多虑了。特殊的地理环境让他们建立起了特殊的文化，凌云人有凌云人自己的派对。也是巧了，就在我住在凌云的当天晚上，我亲身经历了一场浩坤村的晚会。就在山脚下，就在四五个足球场大小的一块平地上，那些汉族的、壮族的、瑶族的青年十分突兀、十分神秘地出现了。他们是从哪里赶来的？一点痕迹都没有。他们点起了篝火。就在篝火的旁边，我抬起了头，天是湛蓝的，而山峰是黢黑的，黢黑的山峰合围了，刹那间我

◎梦幻浩坤湖-肖发凌 摄

◎连云洞-向志文 摄

就产生了一个错觉，在凌云，我在很深的深处，却能通天。

我当然不能通天，地上的事情我还看不过来呢。——年轻人已经唱上了。我承认我听不懂，但是，在篝火的映照下，我能看得见他们歌唱时的表情，那是"搞事情"的表情，很不淡定。

他们就那么唱，没头没尾地唱，没头没脑地唱。能有什么结果呢？我一点也不知道。但我突然就想起了一个词，谈恋爱。我是过来人，哪里能没有谈过恋爱呢。可是，遗憾了，我真的没有唱过恋爱。凌云的年轻人确确实实在唱恋爱，没心没肺。我站在一旁抽烟，因为旋律，心里头瞎高兴，也不知道是为了谁。

【作者简介】毕飞宇，南京大学教授。著有《毕飞宇文集》（九卷），代表作《哺乳期的女人》《青衣》《玉米》《平原》《推拿》等，小说讲稿《小说课》。曾获第一届、第三届鲁迅文学奖，第八届茅盾文学奖，第四届英仕曼亚洲文学奖，法国《世界报》文学奖。获颁法兰西文学艺术骑士勋章。作品有几十个语种的译本在海外发行。《推拿》《青衣》《哺乳期的女人》等多部作品被改编为影视剧作品。

茶山叠翠-肖发凌 摄

凌云的山水

杨 克

　　很小的时候便知道凌云，这是一个充满想象力的名字，看到这个名字时，便开始浮想联翩，那些想象关于高处，关于诗意，关于壮志，关于居住在云端上的人们，飘飘欲仙。据说当初将之命名凌云时，诠释就是凌上云霄，直接而浪漫。凌云这两个音节，念起来悦耳轻盈，十分入心。然而，直到数十年后，我才第一次踏上入云高路。因此，去凌云的路上，我就带着绚丽的期待。凌云没有辜负我，所有的期待和想象落到了实处。群山环绕着凌云，凌霄山、独秀峰、寿桃山、挂榜山、五指山、迎晖山，每一座都高耸入云。它们簇拥出凌云的气度与豪迈。但凌云不凌人，山高而不凌厉，并不给人陡峭危险的感觉。所有的山被绿枝条满满覆盖着，露出巉岩，山的线条温婉秀丽，使高山少了一份气势压人与生硬，多了一份雍容与平和。满山满眼的翠色，柔化了高山的侵略性，翠色生机勃勃地向上生长，直至白云生处。我抬起头，目光随着翠色向上，再向上，恍惚之间，似乎随着那绿色飘飞而去，悠悠融入白云。想来，这些高山对山下的人世应该是俯视的，但也该是一种平和宽厚的注视，充满脉脉无语的情谊。

在我看来，水之于山的意义，就像繁星对于夜空的意义。得老天的恩赐，凌云的山有好水滋润着，经过水的缠绵，山再次得到柔化，变得更加灵动，那翠色几乎要溶渗于水中，流泻而去。到凌云，必不能错过浩坤湖，这是凌云最大的湖泊，一个浩大的淡水湖。水从青龙山的水源洞喷涌而出，穿过凌云泗城，经过下甲，在彩架流入地下，于地下潜行5000米之后，在弄盘再次喷出地面，浩坤山岭留住这活力四射的水，留成一片秀美的湖泊。一路欢跳蹦行的水变得安静平和，像一个活泼淘气的少女，终于被心上人留住，成为温婉柔和的女子，没有了调皮与淘气。我放眼望去，只觉得满湖的情意，怀抱于翠山之中，如一只清澈深邃的眸子，在她的眼里，人世间尽是温和与美好。在浩坤湖边坐着，煮茶，水蒸腾的声音渐渐热闹了，洗杯的脆响有着音乐的韵律，茶香缭绕如烟，端杯，轻嗅，慢啜，任茶水一点点滑入喉头，浸入心脾。端杯抬眼，湖岸线弯转曲绕，有说不出的妩媚之态，微风带过湖面，带出满湖粼粼的笑意，白鹭被笑意惊起，极快地伸颈展翅，掠过湖面，留下白色的影子，久久惊艳着我们的眼睛和思绪。几杯茶入喉，人有些恍惚了，世间的一切渐渐远去，只剩下这山这湖这微笑的水这绵长的茶香。茶是著名的凌云茶，凌云茶产于凌云，醇香浓郁，其香来自凌云山水的灵性，也来自纯净的人心。凌云是中国的名茶之乡，凌云茶多为手工炒制，在茶民的眼中，凌云茶是有灵魂的，他们无视这个时代的喧嚣，无视所谓的效率与利益，以双手一丝丝引出茶香。凌云茶经过无数次的抚摸，变得内蕴丰富，饱满平和，无愧于这山，这水，这人。这样的抚摸，这样的细斟细饮中，日子慢了，人生从容了。凌云的山水和桂林山水有相似之处，只管没心没肺地美着，不长糊口的粮食，只长三餐之余品饮的茶，这使凌云少了一份烟火与实在，多了一份超然物外。

◎盛装赶歌圩-李彩兰 摄

◎壮族人家-李彩兰 摄

这份超然与生俱来，如血液里带来的贵族感，又骄傲又谦和，高贵得如此自然而然。一直认为喝茶不单是喝茶，亦是生活中某种象征，某种隐喻，不同的人生境界，喝出茶不同的味道。有人类似古画中那些在山水间煮茶的士大夫，喝出禅意，喝成一种人生态度，在一些凡常百姓中，喝茶是粗糙日子里的一种坚韧的精致，有了这种精致，人世也便可圈可点了。在这片山水之中，喝茶成为日子里的一部分，

喝茶便是生活的方式之一，自然得不需要任何仪式感，将时光一点点浸入茶水，时间忘了这个角落，岁月在这里被拉得格外的长，人的年岁也就这么一年一年地、生机勃勃地生长下去，就像那些往白云生处生长的翠色，就像这往日子内里生长的茶香，恬淡至极反而有了意料不到的生机。

与恬淡至极相对的是热情如火。落夜，篝火晚会起。先是歌舞，属于凌云的歌舞。凌云的山水秀丽恬淡，却产热

情的歌，对歌，男男女女隔着山，展喉高唱，将身体最深处的声音尽情释放，以歌调侃，以歌传情，以歌慰藉相思，这里的爱与相思是敞开的，向天地敞开，向山水敞开，天地山水都成了见证。舞是生动的，活泼昂扬，踏地有声，在安静的山间旋转出生命的律动。歌舞相和，都不遮遮掩掩。

我们——这群远道而来的客人，坐着，观看，规矩到有些呆，一向在遥远的城市里，我们习惯了以表演来定义歌舞，定义很多东西，我们还不习惯这样的敞开与随性，某些造作的东西拘住了我们，我们忘掉了这样的表达与沟通，也无法适应这样的无遮无拦，我们紧张，绷得那么僵硬。篝火燃了，舞蹈越加热烈，舞者跳近我们，向我们发出邀请，属于凌云的邀请，谁的手被拉住了，谁的身子被推动了，向着篝火而去。跳起来，都跳起来，客人终于加入这开放的热情，再也不是客，是这山这水的子民，是这篝火孕育出的精灵，生命的原力喷薄而出，终于明白这里生命为何如此旺盛如此蓬勃。在这里，人的生命热情与自然如此和谐，这里的山水是被自然宠爱的，这里的生灵是被

岁月宠爱的，所以，这里的生命长寿。凌云是真正的长寿之乡，外界或许对巴马这一长寿之乡更为熟识，事实上，巴马与凌云同属一个地界，是相依相连在一起的，凌云更为长寿，只是更为安静。

凌云，一片被上苍眷顾的山水，因为这山这水这湖这恬淡这热情这天真，上天给予他们的是最宝贵的礼物——时间，更多的生命时光。

【作者简介】杨克，出版了《杨克的诗》《有关与无关》等11部诗集、3部散文随笔集和1本文集。作品被收入《中国新文学大系（1976—2000）》《中国新诗百年大典》《中国新诗总系》等300多种选集，并被翻译成多国文字。主编1998—2014年年度《中国新诗年鉴》《〈他们〉10年诗歌选》《60年中国青春诗歌经典》等多种诗选。曾荣获广东第八届鲁迅文艺奖、广东第七届"五个一工程"奖、首届广西文艺创作铜鼓奖、首届汉语诗歌双年（2006—2007）十佳奖、中国当代诗歌（2000—2010）贡献奖等奖项。

五更水

艾 伟

浩坤湖周边的村落，经常能见到用石块垒起来的水池，当地人把池中的水称为五更水。他们说，五更水就是天上落下来还没着地的水。我觉得这名字好。五更水，就是天水，透着神圣的气息，似乎这水带着宇宙的精华从天上落下，和凡尘之间隔着一垒石墙。

好的风景也是一样，好风景虽是地上生长出来的，却也似天上掉下来的，是人间的稀有之物，要想得见，需要山高路远，长途跋涉。比如眼前的浩坤湖，它远在广西首府南宁的西北，需要漫长的旅行才得以抵达。在群山的环抱之中，浩坤湖如珍珠一般。

在凌云，到处都是山。这个古老的县城也被群山环绕。瞭望天际线，需要四十五度的仰视。天空是蓝的。深深吸一口气，好空气正从群山的绿色中带着充沛的负氧离子进入肺部。

坐在浩坤湖的游船上，也是一样的感

觉。空气不但滋润着我们的肺，也从毛孔进入身体。这一刻，我有一种双重的净洁感，负氧离子仿佛在给远道而来的我们洗尘。

通常，人们会注意阳光和水，不会感到空气的存在。只有在两种情况下，才会想起空气：糟糕的雾霾天，人们会看见空气；美好的天空，也会感到空气的存在。在凌云县，我们被好的空气包围，仿佛自己因此成了世间最干净的人。

我看到浩坤湖中的岛，很自然想起了杭州千岛湖。虽然浩坤湖不及千岛湖那般广大浩渺，但它的名字有气势，浩坤湖，浩浩乾坤之湖啊，好像寓意着天地万物都诞生于此湖之中。

浩坤湖的精妙是显而易见的。首先是四周的山体，几乎像一棵树一样，坡度极陡，立在湖边。凌云都是这种陡峭的山体，它被称为喀斯特地貌，那些裸露的石块，有着优雅的线条，仿佛千年之前，有

◎ 浩坤湖神鞭洞-向志文　摄

◎ 天坑藤蔓-向志文　摄

位丹青高手，不经意在山石之上勾画而成，长短粗细、繁简疏密、浓淡虚实，充满节奏之美。而山石之中那些顽强生长的植物，更是点睛之笔，使得山体顿时有了灵动之气。

最令人难忘的还是浩坤湖的水。阳光很好，湖水泛着青绿色的波光，看上去像一块纯净的翡翠。在圣经里，犹太人把迦南称为流着奶与蜜的地方。在浩坤湖，则流着液体一般的翡翠。

浩坤湖的水来历同别处不同，可以说非同寻常。它的源头在青龙山的澄碧河，澄碧河的水是从水源洞喷涌出来的。这一脉水流过凌云县城，然后钻入地下，在地下潜行5000米后，终于露出地面，形成了现在的浩坤湖。

◎ 浩坤之春-卢芸　摄

天上的事物天生带着神圣的气息，神居住在天上，在苍穹之上俯视人间。而地底下同样是神秘的，充满想象的。那是精灵古怪出没的地方，也是天上的神被逐出天界的居所，于是便有了众多的传说。天上的仙女落入凡间化身成秀美的山体，另一些仙人则择邻而居，化成双峰后，在湖边或对弈，或品茗。这些传说，同样滋养着凌云的山水。

在那一脉碧水钻入地下的彩架村，有一座独山，有奇泉。传说独山是仙女的化身，那两泓泉水是她的清纯乳汁炼化而成，而潭水则是她的下体，因此潭中的水每年定期会变成紫色。那简直就是万物之母的象征了。

神不但在天上，也在人间，在地下。

从这个意义上说，浩坤湖的水，虽然落入了大地，也是圣水，也可以叫成五更水。

在汉语的修辞里，石头表示坚硬，水则表示柔软。在古老的周易学说里，石头代表阳，水代表阴。只有阴阳调和的世界，才是和谐的，完满的。

难怪在凌云的人都这么长寿，有那么多百岁老人。这是一个元气充盈的地方，是一个天地精气蓬勃生长的地方。

【作者简介】艾伟，浙江省杭州市作家协会主席，著有长篇小说《风和日丽》《爱人同志》《爱人有罪》《越野赛跑》《盛夏》，小说集《乡村电影》《水上的声音》《小姐们》《战俘》等。长篇小说《爱人同志》发表在《当代》2002年第4期，获《当代》文学奖。

◎ 浩坤湖畔–李彩兰　摄

凌云记

金仁顺

凌云古称泗水。

泗，四条河。四条河经过的小城，想想就让人觉得心胸澄明。择水而居，在水一方，横来竖去，圈进这个小城。

凌云的水不是大水，漫漶无边，把小城隔绝成堡，变成水城；凌云的水是一条一条的，像京剧里面的水袖，曼妙地一扬，穿城而过，整个小城，焕然多了份风情，掩映在一种古色古香的调调里面，澄碧悠远，岁月静好。

也有大水。在城外。湖面原本也称得上壮阔。坐船在湖上，湖风清凉，宛转而来。这宛

◎ 白鹭天堂-向志文　摄

转，是因为山。山不高，也不甚奇，耸在水中，临水照影，山是青的，水是绿的，水绿山青，青绿对望，一望就是几千几万年。船沿着水走，越走，山越多，山在不声不响间，变成了主角，那一汪无尽的湖水，竟仿佛是从山根里渗出来，蓄起来，漫溢洒脱，不声不响间成了气候，成了山与山之间的一片温润。浩坤之名，不虚，浩大无边，留乾在明处，甘居坤位。

　　山下有水。山上有水。

　　山上的水是小水。埋伏在树干里面，青草深处，山石下方，点点滴滴，滴滴成珠，珠联璧合，于无声处汇集着，动寓于静，突然就在某一处有了突破，泉涌而出。一涌而出，一拥而出，再不可收。涓涓细流汇聚成溪，寓静成动，奔流起来，山溪清亮，泉水叮咚。有水的地方，就有人气灵性，少数民族，壮族瑶族，当然也有汉族，依山傍水，安居乐业。

山居里的生活绵延逾千年。外面世界的动和静，山高水长曲曲折折地传进来，大喜大悲无非一笑一叹，天崩地裂世事变迁，动荡不休变成了随遇而安，不变应万变。山里的生活是世界的细枝末节，山居的生活接的是天地自然的气场，绝世而独立，世上千年的沸腾求索，答案是山中一日的日常休闲。

有好水的地方，有好山，好山有佳木，佳木叶叶清新，好茶脱颖而出。

凌云的茶好，好在干净，好在朴实。这里的茶是炒出来的，不是炒作出来的。茶没有细分成阳坡阴坡、年份品牌、用紫砂泡还是瓷器养，还没被价格绑架，还是柴米油盐酱醋茶里面的茶，还站在生活的寻常处，跟岁月一脉相承。

凌云的历史直溯秦汉，三国、晋、南北朝、隋唐、五代，宋元明清，一路过来，地覆天翻，见得多了，想不沧桑也难。然而山高皇帝远，沧桑转眼又被雨打风吹去，总归平淡从容。倒是现如今，汽车和网络，形而下加上形而上，对古老的民风民俗形成围堵，喧嚣纷攘一夜之间迫至山前，千年的石板路，能扛得住被轮胎辗压几回？少男少女眼中的纯真明亮还能清澈几时？土布的墨黑被牛仔的靛蓝取代，只需一夜之间。

所谓穷则思变。这个穷指的未必是财富，单调重复亦是"穷"，山穷水穷岁月穷，穷尽处，虽安好可也厌倦。凌云在天上的日子太久了，悠闲有时，平淡有时，闲淡太久，风吹云散，凌云下凡来到当下，来到当代，要与人间生活与时俱进了。

无所谓好，无所谓不好。

变了就是变了。

【作者简介】金仁顺，吉林省白山人，"70后"代表作家。毕业于吉林艺术学院戏剧系，迄今为止已完成小说、散文约一百万字。著有小说集《爱情冷气流》《月光啊月光》；散文集《仿佛一场白日梦》；影视作品集《绿茶》《妈妈的酱汤馆》。现居长春，就职于长春某杂志社。

◎ 冬日暖阳-李彩兰 摄

又到凌云

宗仁发

凌云，肯定是一个算不上很有名的地方，可这样的地方的好处是它会使原有的绿水青山还在，没怎么遭到破坏，真是幸哉幸哉。其实，多年以来我对名气大的地方兴趣并不大，因为那样的地方难免是人满为患。在那些地方游览，看到的不是宜人的风景，而是人群的后脑勺；听到的不是悦耳的鸟鸣，而是导游的小喇叭声。我曾有个体会，倘若一定要去风景名胜，那就能"反时"则"反时"，能"反季"则"反季"。"反时"就是别人白天游，咱就夜游，"反季"就是人家春天去，咱就秋天去，哪怕冬天去。尽管这样会错过对名胜的认可度最普遍东西的欣赏，但你总会较少

受到人群的干扰，幸运的话，还会发现一些独享的景致。后来，我的想法又向极端走了一步，干脆就不怎么愿意去那些为名所累的地方了。与其在那些地方受罪，不如到那种没什么名气，但会给你更多惊喜的地方去走走、看看，广西的凌云县在我看来就是这样一块宝地。从东北长春出发，先坐飞机到南宁，然后再乘四个多小时的汽车，才能到达凌云。纯粹消耗在路途上的时间就有八九个小时，算上等候、过渡、休息等，是需要花两天的时间才能到凌云的。虽然旅途劳顿，但一住进碧波荡漾的浩坤湖畔的酒店，泡上一壶凌云白毫茶，顿时就会感到神清气爽，气定神闲。

◎ 民间传统工艺金鱼帽-李彩兰 摄

说起来，我这是第二次到凌云，2015年中秋时节，我来凌云参加过一次笔会，那次因为提前一天离会，很想参加的到茶场采风的活动没能去上，留下了遗憾。今年来凌云前后这段时间，事情也多，我暗下决心，这次一定要排除干扰，坚持到底。再说，不去茶场看看，也对不起自己喝了两三年的一款凌云红茶。当然，茶里边的说道太多，不懂的人还是少多嘴为好，可有时候忍不住还是要议论议论。那些知名大牌的茶，一定有它不枉虚名的道理，但作为日常的生活必需品，哪能总喝这么奢侈的好茶啊。于是，当喝到东西兄送我的凌云出产的这款浪伏红韵茶之后，觉得凌云的茶真是又好又实惠。喝完了厚着脸皮打电话和东西拐弯抹角地索要，直到实在不好意思开口为止。有时怂恿别人组团跟东西再要，自己好从中也蹭上一份。好在东西兄心里有数，每次见面都不忘带上两盒红韵给我。这款红韵条盒净量160克，价格不到百元，泡出来色泽明亮，喝起来味道浓郁悠长。正所谓陆羽所感叹的岭南一些茶圣未曾到过的地方出产的茶"往往得之，其味极佳"。5月18日下午，主人安排我们来到浪伏小镇，也就是浪伏茶山，一睹好茶是怎么生长出来的。浪伏茶山海拔在一千米左右，大大小小有五十多座山峰，宛如一座座绿色的金字塔，因此，这里也被称为浪伏茶山金字塔。百闻不如一见，到浪伏茶山一看，才实实在在获得了一些有机茶的常识。这里的茶园并不是整齐划一，而是有点杂草丛生。灭虫是不能喷洒农药的，而是采用物理方法，也就是使用灭虫灯，也采用一物降一物的生物灭害虫的方式。茶园里不是唯我独尊，宽容地任由桃树、李子树等树种生长。走过

◎ 静谧的乡村-黄知义　摄

一段土壤表面覆盖着稻谷壳的茶园，我好奇地向茶场的师傅请教，才知道这是一种施有机肥的方式。浪伏茶人的理念就是认准了走做有机茶的道路，一丝不苟地坚守着这种天人合一、顺应自然的态度。就像"浪伏"两个字所蕴含的意思一样，"浪"代表着春夏，标志着播种和生长，主阳；"伏"代表秋冬，标志着收获和储藏，主阴。阴阳调和，敬天畏地。

凌云的山是能长出好茶树的山，凌云的水也是不同凡俗的水。听听人家这条穿城而过的河流的名字，就会让你眼前一亮：澄碧河。澄者，水静而清，碧者，玉一般的青绿色。这样的河水如今是不大好找到的。澄碧河，也就是泗水，属于右江上游，珠江的一个源头。这条河发源于凌云地界的青龙山北坡，有意思的是它在流经过程中，也好像和"浪伏"两个字有种呼应和契合。它有时在地上蜿蜒流淌，有时则在地下暗香浮动。生活在这样的山水之间，的确令人艳羡不已。还不用说这里的森林覆盖率高达78%，空气里每立方厘米负氧离子含量高达2000-5000个，最高可达两万个，真可以"洗肺"。这次采风活动中，我们就见到了刘桂树和朱芝荣这对百岁老人夫妇。看到两位老人家精神矍铄，动作机敏，若是不知道年龄的话，无法想象他们已是这样的岁数。据2018年初统计，凌云健在的百岁老人有24位，占总人口比例的10.9/10万，远高于世界长寿区认定标准7/10万。凌云县的平均寿命为78.22岁，高于世界平均寿命5岁多。这些数据充分说明，凌云乃长寿之乡也。

长寿与茶也是一个有趣的话题，中国传统上就有"米寿"和"茶寿"的说法。冯友兰赠给金岳霖的一副寿联就用了"何止于米，相期以茶"这样的话。"米寿"就是字形代表的八十八岁，"茶寿"比"米寿"要加二十岁，代表一百零八岁。"茶寿"除了喻指高寿之外，还指向着一种超凡脱俗的精神境界。从人体健康的角度说，《神农食经》上就有"茶茗久服，令人有力悦志"的记载。唐代孙思邈的弟子孟诜在《食疗本草》中总结说，茶，清利大肠，消热化痰。还说，茶可以下气，使人不至于贪睡，消化隔夜未化的食物。孟诜不厌其烦地指导饮茶者，应喝当天煮成的茶为好。煮取的茶叶汁，用来煮粥喝，效果很好。至今人们仍有不喝隔夜茶的习惯，或许就是来源于孟诜的教导，但喝茶粥的方式，我还未曾见过，不知在什么地方还有保留。清代袁枚的《随园食单》里重点强调了好茶需要用好水泡。明代的《五杂俎》中说"扬子江心水，蒙山顶上茶"，说的也是水与茶的关系。《金陵琐事》上讲，茶以东南枝者佳，采得烹以润泉，则茶竖立，若以井水则横。《六研斋笔记》里就把喝茶的事和人的精神生活联系得紧密起来，"茶以芳列洗神，非读书谈道，不宜亵用。然非契道之士，茶之韵味，亦未易评量"。罗廪的《茶解》中说："茶通仙灵……然蕴有妙理。""山堂夜坐，手烹香茗，至水火相战，俨听松涛，倾泻入瓯，云光潋滟。一段幽趣，故难于俗人言矣"。这么说让人会觉得有点玄。柴米油盐酱醋茶的事大可不必如此苛求，喝茶的妙处懂与不懂也无所谓，反正喝茶的好处是摆在那里的。有人对百岁老人长寿的原因做过调查，结果显示有八成百岁老人有饮茶习惯，有四成百岁老人的养生诀窍是嗜茶如命。我还看到一个言之凿凿的文章，引用国外许多权威机构的研究成果，证明喝茶对增强免疫力、抗癌、减肥等方面均有说不尽的益处。虽然觉得说得有些神奇，但似乎也都是真的。

【作者简介】宗仁发，吉林辽源人。现为吉林省作协驻会副主席、《作家》杂志主编、编审，中国作协全委，散文委员会委员，中国诗歌学会常务理事，东北师大、吉林大学兼职教授。著有诗集《追踪夸父》、散文集《思想与拉链》、评论集《寻找"希望的言语"》等，主编《作家》获第三届中国出版政府奖期刊奖，个人获第三届中国出版政府奖优秀人物奖。编发的短篇小说获第一、二、四届鲁迅文学奖，长篇小说获第九届茅盾文学奖。

山中 "中山"

田 瑛

◎ 中山纪念堂莲池–李彩兰　摄

凌云位于桂西北，地名的由来应该与海拔高度有关，既隐匿深山，又坐落云端。

因为地处僻壤，这里的交通一直闭塞，高速公路至今依然在筹划之中。不久前，来自全国的文学名家云集凌云，采风的日程表里，有一行字让我眼睛一亮：中山纪念堂。我顿时思绪飞扬，飞向100年前的中国，去快速翻阅那段风雷激荡的历史。我不禁自问：中山先生当年到过如此偏僻的凌云吗？或者他与凌云之间发生过怎样鲜为人知的故事？答案就在现场的解说中。于是，我们知道了一座神圣建筑的来历和一代伟人的世纪佳话。

纪念堂的修建离不开一个至关重要的人物——王彭年。这个在凌云土生土长的壮族小伙子，早年追随孙中山先生"讨袁护法"，从贴身侍卫直至内政部次长。后来，他回到凌云做了一任县长。正当他踌躇满志致力于家乡事业之际，传来了孙中山先生逝世的噩耗。一连数日，他寝食难安，觉得应该做一件实事继承先生的遗志。当时国民政府号召有条件的地方建立中山纪念堂，他几乎最先响应，并且很快着手实施。在纪念堂的设计与选址上，他都是亲力亲为的，建筑风格采取中西合璧，做到了中式古代宫廷和西式教堂的完美结合。尤其选址，足见一县之长用心良苦。那些天，人们总是看见他的身影在县城里外走走停停，眼睛东张西望又若有所思。他不是闲来无事空溜达的，他的行走事关重大，关乎全县人的福祉甚或千秋功业。他几乎走遍了县城的所有地方，没有放过一个角落。最后，他在岑氏土司王府后花园的遗址前站定，久久凝视正前方的独秀峰山麓出神。在他的视野里，大自然以它的神来之笔，用三座整齐排列的山峰书写了一个大大的"山"字，仿佛先生的容颜再现，又若先生在挥手召唤。他真想奔赴过去跪倒在山前。无奈隔着偌大的荷花池，他只能通过一座想象的桥梁，去完成他的祭拜。冥冥中自有定数，山势的形成，池塘的开辟，分明就是专门等待这一天的到来。此时此刻，桥梁的意义非同寻常，它神灵暗示般的给了他启发。一座桥，形同彩虹从这一端直跨荷花池，它俨如"中"字的一竖接通了天地，顺着念是"中山"，倒回来念为"山中"。纪念堂的整体设计方案把这一切变为了现实，它的落成创造了一个建筑神话，使前来观摩的人无不为之惊叹。

◎ 中山纪念堂展厅－肖发凌 摄

　　民国三十一年（1942年）《凌云县志》记载：中山纪念堂，在县府右，民国二十七年（1938年）建，堂后石桥通六角亭，亭在荷花汤池中，为游观之胜地。

　　纪念堂馆体的布局也是独具匠心的。只要我们面对正门，就会发现诸多奇妙之处，每一个图案都充满了设计感和不同内涵。大门顶端的两侧各安置了一只"佛手"，其寓意"福相近"不言而喻。佛手下方，两组三角形图案相互串联，它代表的是中山先生的"三民主义"，一个抽象的主题如此形象化地呈现，设计者的智慧可见一斑。墙柱仿若竹状，这也不难理解，象征着中山先生的高风亮节。值得细说的是纪念堂外墙的半圆形拱门结构，它属于典型的西式中用风格，配以墙面上勾绘的壮锦图，由此我们自然联想到一个民族的图腾。凌云为壮族人聚居地，起源于宋代的壮锦一直是朝廷的贡品，现在人们用壮锦制作成了纪念堂的墙面，当我们面向它而立的时候，眼前仿佛出现了无数双手同时编织一幅壮锦的情景。这是大山的子民们用虔诚织就的彩锦，它环绕着抑或拱卫着属于凌云人的灵魂宫殿。尽管后来时势多变，县城的许多文物古迹都毁于一旦，但庆幸的是，唯独中山纪念堂被完整地保留了下来，这不能不说是一个时代的奇迹。

　　在纪念堂正门前的广场上，竖立着中山先生的高大铜像。他呈八字步站立，左手握拳撑腰，右手抱着一本精装的《三民主义》，目光炯然正视着前方。这是先生一生中经典的人物造型，他好像走了很远的路，风尘仆仆刚进入县城，又像是老早就站在那里，站成了一座岿然不动的山。对于更多的凌云民众，他们以前只听说过中山先生的名字，知道他生前远在京城，万万没想到身后会以这种方式来到凌云，来到他们中间。名为纪念堂，其实并非仅仅为了纪念，从此凌云人出游多了一个去处，同时也心有所归。说纪念堂是凌云人的某种精神坐标当不为过，凌云历史上真正的爱国主义教育就是始于它的建立。在这里，弘扬国父精神不单单是一句口号，它已经成为人们的自觉行动，"总理纪念日"的确立便是明证。周一和周六，分别是公务人员和学校师生的周会活动日，从民国时期一直延续下来不曾中断。具体的活动内容也许并不重要，我想就在那个特定的日子，你只要记得来此一站，行一个礼或默一下哀，就已经足够。1945年5月，中华民国陆军军官学校2000多名学生纯粹为了参加某一个简单的仪式，日夜风雨兼程，徒步700余千米，浩浩荡荡，从桂林抵达凌云。中山先生如果在天有灵，他定能看到人间的这一幕朝圣般的景象。我们不知道这是否算得上最初的"红色旅游"。作为伟大的革命先行者，中山先生理应受到万众的敬仰和顶礼膜拜。

我来自广州，这里也建有中山纪念堂，就其规模和影响而言，当数全国之冠，尽管我无数次出入观看演出或从它身边经过，但迄今印象依然模糊，更没有想到要写一篇文章描述它，因为在我看来的确难以描述。然而对隐藏在大山深处的这个纪念堂，一看见它的名字我就怦然心动，而且描述它的愿望居然如此强烈。我深知我的文字远不足以为先生立传，但至少能够给自己的人生补上一课。在凌云期间正值周末，一次我假装成新来的游客，向几个初小模样的学童打听中山纪念堂的去处。孩子们表现出的主动和热情令我吃惊和感动。他们对纪念堂的熟悉如同自家住处，纷纷表示要带我去，我竟然一时陷入纠缠之中，差点脱不了身。这一微不足道的细节使我加深了对凌云的印象，也促使我必须付诸文字，记录下我心目中这座神圣的殿堂——中山纪念堂。

【作者简介】田瑛，生于湖南湘西。供职于《花城》杂志25年整。迄今已发表诗歌、散文、小说等近一百万字。出版有中短篇小说集《龙脉》《大太阳》，散文集《未来的祖先》，被评论界誉为写出了"第三种湘西"。

一个掉队者眼中的凌云

朱燕玲

中秋前夕，去了广西凌云县。这是个藏在广西版图深处的小城。"凌云"？初听之时，脑中首先联想的是"壮志凌云"这个成语，遥遥地，这个陌生的古城，已经有了一股高拔之气，令人敬慕。

大清早从南宁一路往西，经历数小时的车程，渐渐往山的褶皱里行进。偶尔路经乡镇集市，村民们的蔬菜瓜果随意摆放，有的只有七八棵菜、四五条瓜堆在地上，色泽也不比超市里的更为鲜艳，也没有人不停喷淋洒水，更没有成行成垛人为

◎ 水源洞-肖发凌　摄

的齐整，小货车、三轮车横七竖八。他们的衣服俗艳或灰暗，都是结实耐磨的料子。在土路瓦舍的背景下，这种热腾腾的景象提醒着正在渐渐远离市声。

终于到以"红色"声名远扬的百色，饭后又再沿一条小路蜿蜒而进，一泓山水怀抱的湖水豁然出现，清丽的气息立刻触动了视觉和嗅觉，顿时除却了午后的困倦，真是醒神——它就是凌云人引以为傲的浩坤湖了。它有桂林山水的神韵，却小巧紧凑，静谧绝尘，仿佛养在深闺人不知的小家碧玉，正待字闺中，等着人赏识。凌云，此刻破云出月般，第一次露出了它灵秀的面容，真有世外桃源之感。

可是，面对美景，我心里涌起的是懊恼。原因是临行前我的脚骨折了，虽休养数日仍不能正常行走，预感着此行恐不能尽兴。

的确，此行我成为一个掉队者，一个慢一拍甚至数拍的人，小心翼翼跛着脚，人行我止，人走我坐，不过倒也有了更多驻足打望的时间。

◎ 穿洞中的植物-向志文　摄

比如来到号称"珠江之源"的水源洞，听完讲解，当大家往深处的溶洞继续探寻时，我就静坐在了水源洞口他们称之为"大厅"的地方——这不是哪位巨富的豪门大厅，而是自然的奇观，在高20.8米，宽38米的钟乳石"大厅"里，小小的水源寺竟建在其中！菩萨就在我侧面，香烟袅袅，木鱼声时而响起，而我却可以坐在"大厅"另一头的竹椅上喝茶聊天；右边供着菩萨，左边导游给一大堆游客讲解水源洞的历史——一边静穆一边喧嚣，一边神圣一边凡俗——这个感觉颇为奇特。宗教的、自然的、世俗的，在这个敞开的"大厅"里，如此轻易自在地融合在了一起，好似我正和菩萨比邻而居，无比亲切。所谓"天道自然"，莫不过如此了吧。

没错，这是一个钟乳石岩洞。但显然，水源洞之著名，并不在其岩溶景观，而在于它是一处著名的佛教圣地。古时，它被称作灵岩或灵洞，公元3世纪，洞穴寺庙开始传入中国，水源洞里便建起了寺庙庵堂。当年居于洞内的"问心庙"，遂演变成了如今的"水源寺"。据说它是国内最早的洞穴寺庙，

在明清时期就已香火鼎盛。

我是第一次踏入这种建于溶洞之内的寺庙。寺庙见得多了，石刻也见得不少，溶洞更是很平常，但是将这三者合而为一的处所，我却从未见识。一个以天然的钟乳石大厅为佛殿寺庙，简单地供奉着弥勒、观音等十余尊佛像，简朴得就像小型的乡村祠堂；香烟氤氲之气伴着水滴声和木鱼声，散向纵深，飘向高远，庄严、神秘、仙灵、普世之气兼而有之。

这样独特的景观两百年来吸引香客不断、骚客不绝。我们一抬头便可看到，洞内四周绝壁上，留下了许多诗词碑刻。迎面最高处的山崖绝壁上，有清代乾隆四十三年（1778年）左江观察使王懿德所题"第一洞天"四个大字，四周岩壁上仿佛唱和呼应，刻满了大小各种题字、题联、题诗80余幅，皆出自明清以来文人墨客之手，大字如"问心""寒泉有声""普陀岩""亦蓬瀛"等，小字撰写的篇章未及细读，总之无不显示古时文人墨客的趣味。可以想见，这个小小的所在，符合了他们的诸多想象。

石壁下方延伸进幽深的内洞，隐隐看去，洞内的石笋千奇百怪，多姿多

◎ 水源洞—肖发凌 摄

◎ 水源寺—肖发凌 摄

彩。据说内洞深有1000米，涌泉勃发，气势磅礴。

正是这个源头之水，奔腾不绝地流入澄碧河，汇入珠江。而我将在珠江入海口的广州迎接它——谁能想到我会在这里遇见珠江一滴水的初生呢？

"大厅"阴凉沁人，内洞隐隐传出哗哗水声，伴着清凉的回音，更衬托出菩萨的清静。大自然的生命力自下而上不懈地生发，佛陀的光华自上而下持久地普照。

此时，我们聊起了这看似安静的小城的历史。就在不远的过去，小城自然未能避免破坏和损毁。当地曾盛极一时的土司制度，留下的遗迹亦无多幸存，要找寻踪迹并不容易，连土司的后人也一样沉默地纳入了普通的人群之中，不辨彼此。古老的水源寺应目睹了所有的变革和变迁，即便早已阅尽春秋，不知是否也会讶异于到了二十世纪中叶，一个边陲小城，竟也深刻地卷入动荡的国家历史之中。不知在那些残酷的年月，有多少人曾来水源寺求助？或者在家中面向水源寺呼救？他们的故事如何？土司们的故事如何？就像无法

还原昔日土司领地的辽阔、威权的浩大，我们也已无从揣测故人经历的光明与黑暗。匆匆之中，我只记下了诸如官仓这样的地名，并被它深深吸引。据说那一小块地方产的稻谷尤其是香糯，历代只为土司和官府专享。或许这将是我下次来时落脚的地方——一片无边的金黄稻浪，而现在，它还只是低低地绿着。

一个掉队者坐在朴素无华的洞中之寺，怀有太多问题，很想问问莲花座上如邻居一般的观音。而观音菩萨慈悲而安详，将人间的苦厄尽收眼底，也将人间的秘密深藏于身后巨大的岩洞，沉默无言，并不对我泄露天机。

【作者简介】朱燕玲，现为《花城》杂志主编。曾编辑韩东的《知青变形记》、方方的《惟妙惟肖的爱情》、王蒙的《这边风景》（获全国"五个一工程"奖）等图书。所策划的大型文学译丛"蓝色东欧"，进入"十二五"重点出版规划，获得国家出版基金资助。

◎ 童年-秦萍 摄

凌云：记忆中的风景

鲍 十

2015年9月，我去了一趟广西的凌云县。本想一俟返回广州，就写一篇有关凌云的文章，梳理一下观感。无奈杂事缠身，竟然延宕至今。不过也好，这种沉淀下来的印象，也许更为珍贵。就像人们常说的，能够留在记忆深处的东西，可能才更有价值。

此前我没来过凌云县，亦不知有凌云县。

查阅资料得知，凌云古称"泗城"，宋代皇祐年间建制，初为泗城府，明代洪武年间改为州，至清代乾隆五年（1740年）置凌云县，是颇有些渊源的。在县城周边，至今还留有一些遗迹，由此可以寻到它变化发展的线索。

在凌云县博物馆，我看到了斑驳的石马，惟妙惟肖的石龟，以及厚重的古铜钟（天顺钟），另有种种沾染着历史风尘的大小器物。城内有文庙。据当地朋友介绍，凌云县的文庙始建于清康熙二十年（1681年），后数十次重修，也曾一度被废弃。最近一次重修，是在2008年。重修后的文庙，已成为凌云最具特色的历史文化建筑。

值得一提的还有水源洞。洞口为一钟乳石天然形成的大厅，非常神奇，洞顶怕有几丈高，不时地滴着水。据说，早在明清时期，这里就被辟为佛教场所了，有人在洞内建了庙，叫问心庙，后又演变为水源寺，供奉着弥勒和观音等佛像，两百余

◎ 荷塘里的小精灵–肖运宏 摄

◎ 鸟语花香-李彩兰 摄

年香火不断，俨然已成佛家圣地。我还猜想，这是不是世界上唯一的洞穴寺庙呢？也许吧。

令人惊讶的是，在这样一个小小的县城，竟然还有一座"中山纪念堂"。据载，凌云县的中山纪念堂建于1938年，主持建堂者名叫王彭年，早年参加辛亥革命，曾经担任"二次革命"护法军政府内政部的次长，一生敬仰孙中山，转任凌云县县长后，建立了纪念堂。有一点似乎不能排除，就是他个人对孙中山的情谊。但是，这种情谊却是好的，是宝贵的。由此也可以看出孙中山的魅力，人格的魅力。

我甚至认为，因为有了中山纪念堂，凌云县立刻就显得不一般了。

如此梳理下来，可以发现，凌云是一个有着深厚文化积淀的地方，称得上古韵悠长。

凌云一路走来，走到了今天。

凌云县位于广西的西北部，是一处山高水长之地。总的印象是纯朴的，也是灵秀的，山很绿，水很清，空气非常清新，常常有雾在半山缭绕（似乎还没有霾）。

驱车从南宁市进入凌云界，第一天曾经游了一个湖。

湖叫作浩坤湖，是一个椭圆形的湖，四面是高山，从环山的公路望下去，就像一面不规则的玻璃镜子，蓝莹莹的，水面并不阔大。接着下到了湖边，乘上一艘游览船，则又是另一种感觉了。这时的湖，似乎一下子大了许多，但水面还是平静的，只有很细小的浪。远远近近的湖面上，还有几个捕鱼的人，站在很小的船上，双手不停地倒着挂网，不时有挂在网上的鱼被提起来，拼命甩动着头尾。

遥望环湖的山，则有高有低。迎湖的一面，有的是峭壁，壁面有黑有白，黑白交织，宛若一幅幅巨大的写意水墨画；有的是小山，山脚置于水中，山上长满绿树，远远看去，一片葱茏，水中还有山的倒影，山是绿的，影是青的，恍若梦境。当时很多人都用相机或手机拍了照片。我也拍了几张，至今还保存在手机里，还用彩信发给了几个朋友，有一朋友回复说："好清秀的山水！这是哪里？"我告诉她，这是广西的凌云县。

在凌云期间，还去了一处茶山。

凌云是茶乡，出产"凌云白毫茶"。此茶生长在终年云雾缭绕的高山上，味香厚，色青翠，饮之神清气爽，凡饮者，都道是茶中上品。

所到茶山位于加尤镇，现在是一个白毫茶的生产基地，产销一条龙，有一个很现代的称呼，叫"浪伏茶业"。他们把这里的茶山叫作金字塔茶山。乘车来到位于半山的浪伏茶业总部，举目四望，一座座茶山尽在眼底。每一座山，都种满了茶树，呈阶梯状，从山脚一直到山顶，远看，真的像一座座金字塔。当时已是傍晚，又恰逢雨后，空气非常清爽，不时有微风吹来，一阵阵的轻风，也吹过来一缕缕山野的气息。

一晃过去了几个月，凌云的一切还留在记忆中，让人回味……

【作者简介】鲍十，现为广州市作家协会副主席，《广州文艺》主编，广东文学院签约作家。作品曾获"东北文学奖""黑龙江文艺精品工程奖""广州文艺奖""广东鲁迅文学艺术奖"以及《鸭绿江》和《中国作家》等刊物奖。已出版中短篇小说《拜庄》《我的父亲母亲》《葵花开放的声音——鲍十小说自选集1989—2006》，长篇小说《痴迷》《好运之年》，日文版小说《初恋之路》等。中篇小说《纪念》被改编成电影《我的父亲母亲》。小说和电影同被台湾师范大学选作国文课阅读欣赏教材。

行走云上

朱小如

今年中秋时节有机会和几位文友到广西凌云一游，心情自然如秋高气爽的天气一般。行前在网上查到广西凌云县，古称泗城，隶属广西壮族自治区百色市，有四条河流纵横交错汇聚于城中，是一个近千年州、府、县治之地历史的文化古城。凌云县海拔在210至2062米之间。凌云县目前百岁以上寿星有24人，占总人口的比例高过世界长寿区认定标准，是中国长寿之乡，享有"山上水乡、古府凌云、宜居天堂"的美誉。

◎ 茶山秋色–肖发凌 摄

　　在凌云小住了几天，才深知凌云真是个好地方，好地方自然先要有好水、好山、好文化。水的重要性是从人类社会的古文明发源时就认识到的，所以，我们称黄河为"母亲河"。而凌云城虽小，却有澄碧、龙渊、龙溪、西溪四水相汇，所以古称泗城，宋皇祐五年（1053年）为"泗城府"，到了明洪武六年（1373

年），泗城已成为广西最大的直隶州，有"百粤推尊，两江上郡"之誉，可见其水在凌云县历史文化上的重要性。

　　澄碧河其实也就是珠江水系的重要来源，我们来到澄碧河源头——水源洞前，赫然可见一石匾上"粤江源泉"四个大字，清澈的泉水从石匾下缓缓不息地流淌而出。拾级而上，便是水源洞。在明清时期，此处就被辟为佛教圣地，水源寺居于洞中，是国内较早的洞穴寺庙。几百年香火鼎盛。近两米高的一个"佛"字石刻，既像守卫"灵泉"永葆澄清碧洁的卫士，又像告诫每一位香客的"心灵"警示牌：何谓问心，洗心也！

　　澄清碧洁的水的重要性，自然还在于它穿城而过，是河两岸百姓的日常生活之必需，据说此水不经处理便可直接饮用。晚间，似乎是为了让我们观赏一下凌云的灯火辉煌的夜景，一路经过"太平桥"，转过"树包门"——此门是凌云古八景之一，只见一棵参天古榕将石门紧紧地包裹着，很是神奇壮观。此古榕已有850年的树龄。据说此处原为码头，后来码头早拆，石门却拆不掉，被古榕保护着。来到河边，一排夜宵档顺次铺开，于是我们坐下，一边听着河水欢快的流淌声，一边和新朋旧友们把盏交谈，此情此景让我们怀疑来的不是广西，而是来到了什么江南古镇。

　　其实一些江南古镇，如周庄、如乌镇、如西塘，也不外乎是依河而建的小集市。周庄是因为陈逸飞的画而世界闻名，乌镇是因为有茅盾这样的大作家出身于此，西塘则完全是近年才傍上了江南名镇大款；论历史文化它们也完全比不上凌云的土司文化历史悠久，土司制度是普遍而长期存在的一种少数民族边地的封建领主制度，开始于唐代的"羁縻制度"，形成于宋代，繁荣于明代，崩溃于清代，结束于20世纪初，长达一千多年。凌云——泗城岑氏土司统治

◎ 山涧流水-肖国权　摄

◎ 泗水河畔-祝明贵 摄

时间长达674年，历经数朝。迄今为止，岑氏土司的后花园、府衙、私塾学堂等遗迹依然可寻可见。最奇特的是民国时期，为纪念孙中山先生，凌云县在岑氏土司衙署后花园莲池中间建起了"中山纪念堂"，至今完整无损。仅就这一点已是所谓"江南古镇"无法比较的。

凌云有好水，更有好山，与其说凌云的山好在秀丽的风景，不如说凌云的山好在一个"茶"字上。凌云的茶依山盘旋而种，一层层、一级级地向上，形如"宝塔"，凌云的山好就好在全身是"宝"。凌云的茶素以色翠、毫多、香高、味浓、耐泡见长。最闻名的是"白毫"绿茶，因生长在终年云雾缭绕的高山上而叶肥、丫壮、毫多、味浓且药用价值高。那天在著名的茶乡浪伏小镇的茶厂，专门让人泡来品之，感觉比其他地方的白茶色淡，但回味极佳，饮后唇齿留香。凌云最有气氛的喝茶处，其实还在"金字塔"茶山顶上的炭火现煮的黑茶，几个文友一圈围坐，一边聊天，一边慢慢细品。

其实，也只有站在"金字塔"茶山顶上，望着云雾在你脚下缭绕，仔细体会其满山茂密的茶树，仔细体会其民居村落为何大都栖息于半山腰，凌云人长寿，且有养生福地之美誉，在我看来，主要秘诀，就在这每天采"茶"、制"茶"、喝"茶"的日常作息上。

何谓凌云，行走在云上也。

【作者简介】朱小如，1953年生于上海，1983年毕业于上海师大中文系。1982年开始撰写文艺评论，现在《文学报》工作。

◎ 田园–劳秀玲 摄

凌云与罗南

张 柠

　　你知道"罗南"这个名字吗？我猜你就不知道。因为你只知道甄嬛和芈月，那些电视剧里的名字，而不知道现实生活里的罗南，一位壮族女子。当然，这也很自然，我不会怪你，因为你不可能认识那些生活在广西、云南、贵州、青海、西藏等地所有的美丽女人。不过没关系，后面我会慢慢地说与你知。这是我的第一个问题。提问其实是一种权利，一下子就把别人置于被动的境地，自己占据着主动。古希腊的"提问之王"苏格拉底就是这样，见人就提问，生活的价值在哪里，生命的意义是什么，死后如何才能得救……仿佛要把人问死，雅典人受不了，躲又躲不掉，便合计着用投票的民主方式，把他处死了。因为苏格拉底所问的，都是性命攸关的问题。我的问题则不然，因此可答可不答。

我的第二个问题是，你知道凌云那个地方吗？我猜你肯定又不知道了，哈哈。因为你只知道北京、上海、广州，那些繁华热闹、房价极高、空气糟糕的地方，而不知道祖国西南部的凌云县，那个山清水秀、空气清新、景色迷人的地方。那么，说"百色起义"的百色，你总该知道吧？凌云就是百色市的属县，跟巴马瑶族自治县比邻，同样以长寿闻名于世。这是一个汉、壮、瑶多民族杂居的地方，它静悄悄地躺在云贵高原东南部十万大山的褶皱之中，浑圆而又陡峭的丹霞山体，像护卫一样守候着它。记得20世纪80年代初，有一部叫《拔哥的故事》的电影，讲的就是百色右江一带农民，在韦拔群领导下举行革命起义的故事。少年时代，我还学过一首流行歌曲："红棉花开红万里，红水河畔歌声起，千歌万曲歌唱毛主席，献上我们壮族人民一片心意。"红水河就在凌云县北边。

2018年5月中旬，我真的去到了少年时代歌唱过的那个地方，夹在右江流域和红水河流域之间的广西凌云县。那个质朴的地方，既没有高速公路，更没有动车和高铁，只有一条省级公路与南宁相连。我们乘一辆中巴从南宁出发，驱车近5个小时，近黄昏时分赶到了凌云县城远郊一个叫浩坤湖的地方。县文联打算让我们第二天到附近的长寿村，去拜访一群百岁老人。他们大概是要用长命百岁的优势，给我们这些来自城里的自以为是的人一个下马威。

忙前忙后地接待我们的是一位年轻女子，收身份证到前台登记，帮忙拖行李箱，把大家领到房间门前，她让我们稍事休息，但不要睡着了，因为马上就要吃晚饭，晚上还有篝火晚会。我把她当成旅店里的工作人员。旁人介绍说，她是县文联的作家，名叫罗南，也就是接待我们的主人。可是，她的打扮不像作家。女作家嘛，至少应该穿得时髦一点。可她一点也不时髦，穿一身迷彩服，整个儿一海豹突击队装扮。

◎ 自治区级非遗文化：凌云瑶族龙凤舞-卢芸 摄

◎ 载歌载舞-任荃婴　摄

迷彩的主要功能，是产生隐蔽效果。小时候第一次见到迷彩，是我们镇上新建的水塔被涂成各色斑块相间的彩色。大人告诉我说，这种彩色是"迷惑敌人的颜色"，简称"迷彩色"。它的原理是，通过在物体表面涂满杂色，使大目标在视觉中消失。从高空飞机上往下看，庞大的水塔，就变成一堆小色块，像牛粪干一样，所以就不易遭到炸弹的攻击。迷彩服装的主要功能，同样是"隐蔽"和"躲藏"。如今，只有军人和农民工穿迷彩服。军人穿它，是在躲敌人。农民工为什么爱穿迷彩服呢？我猜是在躲老板，相当于干活时穿上了隐身衣。这位年轻的女子，从头到脚都是迷彩，她在躲谁？她为什么要隐蔽？她难道在躲我们？可她是接待我们的主人啊？这让我感到迷惑。

果然，她开始隐蔽起来，我们只在微信群里见到她。她的微信名叫"南南"。后来的整个行程，都是"南南"通过微信群在指挥：请老师们下楼吃饭，请老师们去茶山和茶场参观，请老师们到门前乘车去篝火晚会现场。晚上的篝火晚会是一场歌舞盛宴：蓝靛瑶、背陇瑶、盘古瑶，轮番歌舞；高山汉族男女对歌；作为国家级非物质文化遗产的"壮族七十二巫调音乐"清唱。服装鲜艳的色彩和沁人心脾的歌声，跟当地的山水和风景一样，深深地镌刻在我的记忆之中。而罗南，还是通过微信群在调度指挥我们，一切活动都安排得井井有条，但真人依然是神龙见首不见尾。

在百色市凌云县那个天然氧吧里，整整吸了三天氧，我们打算赶回北京去吸霾。临行前的那天早晨，罗南突然飘然而至，像T台上的模特儿一样，我只能用惊艳来形容，大家突然屏住了呼吸，时间仿佛停顿了几秒。罗南去掉隐身衣似的迷彩服，穿一条长长的红色大摆裙，搭配黑色紧身T恤衫，长发披肩，笑容灿烂地暴露在我们面前。寻常看不见，偶尔露峥嵘，凌云的山水和美丽风景在挽留我们。那一刹那，我突然留恋起凌云那个大山深处的仙境。

回到北京，我听说罗南获得了广西壮族自治区文学最高奖项——"广西文艺创作铜鼓奖"。广西的文友发来了罗南的部分作品。我读到一篇叫《娅番》的散文，写的是一位嫁到壮族人家的汉族女性的命运，写得真好，仿佛是"壮族七十二巫调音乐"没有唱出来的沉默的部分，通过罗南的语言被呈现出来了。那是一种不愿意张扬的、隐藏在迷彩服里的隐秘美学，也是深藏在大山里的遥远边疆的环保美学。它隐藏在我们的想象和记忆之中。它是今日的现代生活的乌托邦。

【作者简介】张柠，北京师范大学文学院教授，文学创作研究所所长。出版学术著作15部，在《文学评论》《外国文学评论》《文艺研究》等杂志发表学术论文100多篇。作品入选《新华文摘》《中国人大复印资料》《中国文学理论批评文选》等多种权威选本。

◎茶山金字塔—肖运宏 摄

高山之上

冯 艺

早在二十世纪七十年代初，我就听说凌云出品的白毫茶很有名气了。那时，我二姐上山下乡，在桂南的一个茶场种茶，曾有机会坐着大货车，一路颠簸，上凌云取茶经。回家后，我问二姐，凌云是个怎样的地方？吐了一路的二姐说，哎呀，那里的山太高了。打那以后，在我的想象中，凌云在高山之上。

多少年来，凌云只留于我的心上，却从未举步。今年仲秋，我终于如愿。那天，车在南宁至百色的高速路上平稳行驶，很快到达百色，便转入平坦的二级公路，不久就抵达凌云县城。一场秋雨刚过，黄昏的泗城镇像透在山间的水墨，悬挂在桂西北的天上。凌霄山和迎晖山夹峙，青山为幔，山谷里不断生长浓浓的白雾，满目梦境般清幽，我好像钻进了雾海之中。

一条河流自北向南穿城而过，水流湍急，却清澈见底。水流淌于有形与无形之间，因河床不同将野性和柔性结合在一起，偶有断层造成的高坎，则瀑飞石上，珠玉起舞，哗哗作响，清纯得让人心旷神怡。如今，城里尚有一条碧绿如茵、水质纯美的河流，已鲜见了。泗城人可以享用着不受人为干预过的滚滚清流，实在太有福气了，真让我欣喜和羡慕。凌云作家罗南告诉我，这条河叫泗水河，源头就在泗

◎ 泗水倒影—向志文 摄

◎绿色世界-林军 摄

城北边很近的水源洞，它是珠江的源头之一。至此，我才恍然大悟，一直以来，我所用的水，相当部分出自于此，心情便多了几分郑重和感恩。这是一种在现场才能体验的感受，以及内心的一份珍爱。

水是一种耐人寻味的文化意象。我从来对水有一种别样的情愫，一种诗意的怀想。我不想把时间耗在主人盛情的杯盏中，加上这些年已养成饭后步行锻炼的习惯，匆匆地填饱了肚子，便怀揣着强烈的好奇，趁着天色还亮，从餐桌的热闹中悄然撤离，独自走到河边，溯水而上。沿着河走，便觉得人被无边的清凉气息所拥抱，它抵我足，抚我心，甚至觉得完全可以把它触摸。高大的山体与苍翠的植被生出了一种沁人心脾的味道，充满了每一个角落。北行不足两公里，便来到一座被植被覆盖的山脚，就听到水声轰隆如地下连续的雷霆，那般喧响，好不热烈。水声催我大步前往。果然，水源洞很快就呈现在我的眼前，大大的洞口涌出浩浩清泉和森凉的水气，有如天河泄漏，争涌激射，令我惊叹，真所谓："岩幽通古泉，山灵通地脉"。我此刻与罅谷幽岩那么亲近，真是不知如何感谢上苍生出这口泉水。惊叹之余，也忽然觉得，大地之所以令我们感恩铭刻，是它的付出、蕴藏、包纳、收缴、催发、兼容。就像这眼泉水，不仅是一股出自山体的清水，而且是浩荡的河流。泗水河乃至世界上所有的河流，单个的泉水和雨雪是它们的前身和母体，最小的水滴也有无尽的梦想和奔流力量。

翌日，一路陪同我们的百色文联副主席向志文是凌云本地人，对于凌云的历史人文和自然地理十分稔熟。他对我说，县城附近还有龙溪、西溪和龙渊三条河流，在县城与泗水河交汇，泗城因此得名。哦，原来在一个因水得名的地方，泗水河便成了一条宽容的不息的水脉，浸润着凌云的山骨。

这些年，不论去哪儿，我都会查阅当地的相关资料。凌云位于云贵高原的东南麓，平均海拔在210～2062米之间，算是广西的高原了。相对的高差酝酿出纵横的沟壑，对峙又相依，从东南飘来的温润空气，被高峰阻隔后徘徊在天空，使之成为湿润气候区，高山充满了柔性，植物因而特别丰富。一路上，与我相视的就有香果树、马尾松、香樟、红椿、八角、油茶、酸枣等。尤其是我看到的长在云端里的一片片茶树更是青翠欲滴，煞是可心，竟忍不住摘上一枚毛茸茸的嫩芽，放置鼻尖，香远益清。这种茶称为白毫茶。俗话说"高山云雾出好茶"，这里空气纯净，常年云雾环绕，土壤有机质含量丰富，茶树朝夕饱受雾露的滋润，白天光照充足，光合作用制造较多的有机物，夜晚温度较

低，细胞呼吸作用减弱，降低了有机物的消耗，因而芽叶肥壮，叶质柔软，白毫显露，香高味浓，属茶中极品，它成为凌云的地理标志产品。

有山必有水，山水总相依。这时的水无处不在，像人体内的血，在山间里涌动，或平行，或越涧。于山沟，于林间，于草丛，于房前，于屋后，清凉沁人。盘山而上，我看见在山崖沟壑，水有时被挤压成一条条银白的丝线，激越奔泻；有的轰鸣着翻腾起白浪。山沟里，有时还会看到瀑布，挂在峡谷两边的悬崖上，垂直跌下发出某些声音。

而相对宁静的则是那些水积的潭。最具代表性的要算躺在高山之腰的金保瑶寨了。转了几座山，便上了金保瑶寨。但见寨前一潭碧澄，潋滟波动，清凉透骨，纤尘未染。这是因为寨的后山古树盘崖，云雾缭绕，树下流水潺潺，在一个瀑下便形成了一个蓄水潭。沁凉的山风，夹着阵阵松香草香、虫鸣鸟叫轻抚我的耳鬓，我感觉张开双手就能拥翠抢绿了，真是个避暑纳凉的农家乐。据说，在夏天的周末或假期，许多城里人便偕眷结朋，蜂拥而至，到此品瑶家腊肉，喝农家甜酒，极眸凝望

高山美景。罗南说，山上更多时候，雾化为云，在脚下形成云海，山随云涌，峰随雾移，自由而曼妙。若有日出，则朝霞满天，一轮太阳从云层中冒出，令人心醉。说真的，高山之上，好像一位藏在闺中人未识的女子，清纯，无论是看花、赏绿、品秋都另有一番情趣。我想，难怪你生活在这里，常常得山水滋润，写起散文便有了灵性。

此刻，我有理由充分相信，坐拥着这美好的生态，充满灵性的风景是看不尽的，它们都能让人产生联想，都能使人们流连忘返。我想，植物与人类天然就存在着一种深情厚谊。这些美好的景致，源于高山之上涵养丰富水分的植被。这些植物造就了凌云的青泉、蒙泉、凤凰泉、榕泉、犀牛泉、磨刀泉……更催生了水源洞源源不断、生生不息的滚滚清波，与众多的河流一道，流进了我们的血管，滋润我们的心田，养育包括我在内的珠江水系亿万子民，那是多么神圣！看到滋养自己的河流之源，便想起高山之上与这些植被厮守千百年的凌云人，水样的年华奉献给一片绿荫、一江清水；他们的付出有如高天白云化作的甘霖，自然干净，清新亲切，

让我心生敬意。这份敬意，不仅使它成为我精神上一座值得尊敬和仰望的高山，更使之成为我心灵上收获的一份美美润泽。

向志文说过，凌云这个名字，在民国版的《凌云县志》上说："县曰凌云，得名于山，起自清初，以表其峻。"的确，意蕴契合。凌云，历史上也曾叫泗城府，又与水密切相关。可见，沐浴在山水里的泗城是多么神奇。我行走在河东的泗城府古城里，老宅庭院，砖墙灰瓦，阡陌小巷，古树绿意，依稀可以勾勒出它昔日的绰约风姿，呼吸到了历史年轮的气息。这些原本氤氲儒气的孔庙，浑厚庄严的中山纪念堂，威风凛凛的土司时代的建筑，在岁月的风尘里留存了曾经的辉煌。

面对这一切，忽然有一种悠远与沧桑的感觉。我一直这样想，大凡能吸引人的地方，必是一个极其清幽的所在，总是与一些美好的事物并排伫立在一起，或映衬着神秘的光晕，若能延续几百年，而依然不改当初，这该是一种怎样美丽的仙境！而如今整齐而现代的建筑和古朴而有致的民居，以及穿行于河东河西山上山下的纯朴的人，总会把高山之上的美好传说留给一代又一代，让一代又一代人总看到

◎茶山日出－肖发凌 摄

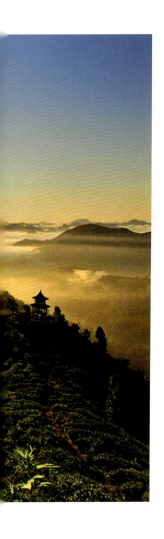

青山，看见绿水，也给我们带来无尽的乡愁。站在河边，听着奔流的水声，我心如灵动流淌的水，瞬间接上了地气。

此时，泗城华灯初上，在这茶香盈盈、月色弥漫的秋夜，我的心轻盈而快乐，悠然如诗，灿然若花。我在想，高山之下，那些城市已是一片夜的繁华，街上人声鼎沸，车水马龙；而凌云，高山之上，清凉如水，澄澈似湖，没有喧嚣，定格了一种最好的祝愿给风景。得之耳目，感之于心，我感到了极大的满足，仿佛这些大自然的造化本为我所有，可以每天去享受它，占有它。天空如井，上下相映，又感觉似乎不在凌云了，而是一个奇特而又无与伦比的仙境。

也许，正是高山之上的享受，凌云给我的印象如此深刻，以至第二天赶回与家人中秋团圆，我的心也迟迟不能如期归来。

【作者简介】冯艺，曾任广西民族出版社社长、广西作家协会主席，现任中国作家协会主席团委员，广西文联副巡视员，广西作家协会名誉主席。曾任第五、第六、第七、第九、第十届全国少数民族文学"骏马奖"评委，第五届鲁迅文学奖评委。作品散见《人民文学》《钟山》《花城》《文艺报》等报刊，出版著作十余部。其中散文集《朱红色的沉思》《桂海苍茫》分别获第四届及第八届全国少数民族文学创作"骏马奖"等多种奖项。

◎太平桥–黄仲松 摄

茶香与长寿

申 弓

春末夏初，草长莺飞，正是一年最好的时光，我们受邀来到地处桂滇黔相交的凌云县。

这是我向往已久的一个县。没来之前，就听说它是中国名茶之乡，也是中国长寿之乡，有这两项，就足以让世人震撼，不是吗？历来都说，酒可神通八极，茶可思联四方，凌云就具备了这让人思联四方的好茶。而饮茶也可以长寿，数据显示，凌云现在百岁以上的老人就有24位。

说起凌云，它第一次印在我心扉是在半个世纪以前，凌云有一个人物叫李真云，那时《广西日报》上有整版的长篇通讯报道。因为那时我还小，记不住其中细节，就记住了那个叫李真云的凌云人，在改造山河方面做出了贡献。同时也粗知了凌云县是一个边远的山区。至于有多远，我当时还想象不出来，后来在桂林广西师大读书，听一位来自凌云的同学说，他要乘坐十多个小时的汽车，才将这个边远具体化了，那就是离我们广西中心都市有十多个小时的车程。因而一直想来，却总是来不成。

是这次"文化名家凌云行"，才成全了我这一久远的愿望。

啊，我终于可以来凌云了，而且还挂上了"文化名家"的名号！同行的还有两次获得鲁迅文学奖的著名作家毕飞宇，北京师范大学博士生导师张柠，吉林省作协副主席、《作家》杂志主编宗仁发，广东作协副主席、《作品》杂志社社长杨克，浙江杭州市作家协会主席艾伟，广州《花城》名誉主编田瑛，海口市作协副主席廖怀明，广西作家协会主席、首届鲁迅文学奖得主东西，广西作协副主席黄佩华以及凡一平、李约热、蒋锦璐、丘晓兰、黄鹏、胡红一、李小华、马中才等一批真正的名家。

接到邀请，我在打点行装时，钦州的朋友知道我要上凌云，纷纷要求我给他们带回凌云茶，说是凌云的茶特别好喝。我这才知道，原来只听说凌云产茶，却不知道它的名声竟是如此之大！

从史志上看，凌云过去还不叫凌云，叫泗城，是因为其间有条泗水河穿城而过，直到1740年才正式定名为凌云，意为凌上云霄也。这凌上云霄，自然是高耸。环绕着县城的凌霄山、独秀峰、寿桃山、挂榜山、五指山、迎晖山，座座都高耸入云，因而这"凌云"二字用得是再贴切不过了。

这次"文化名家凌云行"，一共安排了四个行程。中巴将我们一行拉到的第一站是浩坤湖。凌云水源十分丰富，而储藏量最丰盛的便是浩坤湖，据说这是珠江源头之一，发源于青龙山的澄碧河水从水源洞喷涌而出，河水穿过泗城往外流，流经下甲，然后在彩架钻入地下，潜行5000米后在弄盘又喷出地面，并在下甲至浩坤被山岭阻住，形成了一个浩大的淡水湖。这便是凌云最大的湖泊。这里湖山秀美，岸线曲折，岛渚星罗，水量充沛，从来没有因为天旱而枯竭。我们分乘两艘游船，徜徉在清冽的湖面上，看那白云飘飞，尽情领略那美妙的水光山色。陪同摄影的小秦手指水面说，老师快看。指尖外，一只白鹭陡然惊起，扑棱着翅膀向远处飞去，真正有落霞与孤鹜齐飞，清水与长天同色之感。湖边沿山有一条造型精美的栈道，顺着山势环绕，蜿蜒曲折，据说一直伸向县城，全长有40多公里。同行的海南的廖兄便想着栈道修好之后，一定要来这里跑马拉松。穿过气势宏大的风雨桥，湖边便是我们下榻的科普中心，后面的大山，有如天然屏障，远处看去，真有点青瓦台的气韵。

在浩坤村，我们还参与了村里组织的晚会，节目不算太多，时间也不长，却给我留下了十分难忘的记忆。那是由当地的汉族、壮族、瑶族同台演出的晚会，男女歌手在台上对歌，表现当地民俗，传达出纯朴的民族情感。虽然我们听不大懂，可从现场的气氛中也能感受到他们民族和谐，情感纯真。我们还上台去参与了壮族打糍粑和篝火舞的互动，大家手拉手地跳着欢快的民族舞蹈。开始我的左手牵着毕飞宇老师的右手，未及半圈，一位穿着瑶族服饰的少女插了进来，分别将我和毕老师的手拉住，围着熊熊的篝火踩着欢快的

节拍跳了一圈，然后这位瑶妹还拉上我快步跑过去，同握一根杵，打起了另一窝糍粑。待一窝糍粑打好，还抓了一块品尝，那真是一种十分柔软十分可口的食品。

来凌云的第二站是看望百岁老人。从《广西日报》上看到，凌云县百岁以上老人达24位，已经跨入了"世界长寿之乡"的行列。我们这天要看望的是一对伉俪，这才是最让我感到震撼的。随着生活、饮食、环境、医药的不断改善，百岁老人逐渐多了起来，各地也不少见，比如巴马、贺州、浦北，也都有不少的百岁寿星，可一对相伴八十多年的伉俪寿星，我却是头一回见到。男寿星叫朱芝荣，生于1918年2月，女寿星叫刘桂树，生于1917年12月，说起来是"女大一"，可她比她的丈夫也就年长两个月，却成了寿星姐。最可贵的是他们相濡以沫，相伴一生，走过了八十多年的风雨，还一直保持着美好的初心。夫妻寿星现在已是五代同堂，共享天伦。听他们的儿子说，朱老寿星还可以上山打柴火呢。为迎接我们的到来，他们夫妇都穿上了新衣服，捧着我们送的鲜花，夫妻俩的脸也笑成了一朵鲜花。很多人都想知道他们的长寿秘诀，据他儿子介绍，

老人没有什么特别，就是心态好，跟周围邻里和睦相处，饮食清淡，爱劳动。这是公开的秘密。我则在他们散去时，悄悄地问了朱老爷喝不喝茶。他回答说喝。我便想到这也是他长寿的法宝，凌云的青山秀水孕育着上好的凌云茶，这是天地的恩赐，这是日月之精华，常喝它，也许就是长寿的一个重要因素。因此我在县政府举行的长寿文化座谈会上提出了"喝茶喝到120岁"的口号。

参观过博物馆，感受到了凌云的千年深厚历史文化之后，我们于下午驱车奔赴浪伏茶山，这是来凌云必到的地方，凌云茶最有代表性的产地就是这里了。我们的汽车经过了不止九曲十八

弯，才盘旋到了这里。登上金字塔，放眼四面青山，岂是一个壮丽了得！那些葱绿的山岭，被各种绿树覆盖，没有看到一寸的秃土，近看，高大英俊的是八角树、川木瓜，低矮的自然是茶树了。几个挎着茶篓的瑶妹，陪伴我们上山，还送给我们每人一瓶岑山茶，是用有名的岑山水冷泡的，喝了一口，只感到清凉透心，一股清气自喉管渗入，又从鼻孔透出。来到制茶体验区，看过他们的人工制茶，闻着那缕缕茶香，便想到要喝，正好有两个瑶族妹子在炸茶叶粑粑，是用鲜嫩的茶芯加上好的糯米粉在油锅里炸成。我们问多少钱一个，答曰不要钱。那就是专门为我们做的了，我

◎泗水河之夜-林军 摄

◎ 背陇瑶姑娘－向志文 摄

们便都贪婪地吃了一个又一个，那可是千载难逢的美食，用它来配茶喝，可真是绝配！

要说凌云县域，我还是喜欢泗水河。这一晚黄昏，匆匆吃完晚饭，便邀上海南的廖怀明兄，要趁着暮色笼罩之前，好好看看这泗水河。我们沿着岸边，从春熙门接龙桥一直走到镜澄桥，估计有一千米。这里最大的特色就是，河两岸都建有青石栏杆，而栏杆上刻着众多的诗和画，即一首诗到一幅画，诗画相间排列，至于两桥之间到底有多少诗多少画，我没有细数，估计有数百，那真是步步有诗，诗诗入画。那些诗都是凌云县诗联学会的会员

◎那巴歌圩－向志文 摄

创作的，多是歌咏凌云山水田园的壮美、人民安居乐业、城乡新旧变化等主题。其中读到了我们小小说学会会员戴道华的五首咏茶山诗，感到耳目一新，将茶山的美妙及茶味的香醇融入了诗行，很是让人流连缱绻。还有一首我记不清作者名字，只记得那诗的内容：表哥邀我上新楼/把盏推心夜不休/醒眼生疑都市里/凝眸却是小村头。这是一首咏赞凌云乡村巨变的七绝，语言朴实，含意深远，从一个醉汉的眼里写出了乡村像都市一样的美丽和富足。凌云人向我们介绍凌云是"中国名茶之乡""中国长寿之乡""中华诗词之乡"，在这里足可以以管窥豹了。

【作者简介】申弓，原名沈祖连，中国作家协会会员，广西小小说学会会长。已出版小小说集《男人风景》《做一回上帝》等14部。曾获得广西文艺创作铜鼓奖、中国小小说金麻雀奖。作品入选《世界华文微型小说大成》《微型小说鉴赏辞典》《中国新文学大系》等。部分作品译介到欧美及东南亚等地，并入选日本、加拿大等国家大学教材。

已遂未遂凌云行

田 耳

说到整个大西南，印象就是无尽山脉，云贵川渝，因为延绵的山而串成一片。广西大部分也可包括在里头。往凌云去，我想到十万大山，尽管我知道十万大山在防城港。其实去防城港，脑袋里未必想到山，倒是往桂西北一走，脑袋里的山水褶皱就陡然稠密起来。

路途较远，但不耽误旅行，车窗外景致一直很好。接待方的人已介绍这个县份。行程匆匆，要去的地方总是先作预热。知道了凌云古城泗城，字面上，就多水。据说还是实指，县城汇了四条水流，看来这个字对于凌云，简直是量身打造。据说以前的泗城府管面很宽，不光是接壤的田阳、田林，往东管了今属河池的天峨，往上还包括了今黔西南州的册亨、望谟、安龙、罗甸、贞丰⋯⋯这些荒僻之地，都保留着古风淳厚的地名。由此可想，当年泗城何止十万大山。当年的地方官来此履任，一想手底下这么大的管片，心里是否欣欣然生发出"今日得遂凌云志"的快意？好在偏安一隅，僻处远陬，山重水绕让人内心宁静，纵遂凌云志，不必笑黄巢。

眼下它只是百色下面的一个县份，二十来万人口，算是小县。城也跟人的命运一样，兴废盛衰，此起彼伏，昔日显赫地位，聊作谈资。我去过周边别的一些县份，在黔

◎镜澄桥—黄仲松 摄

西地区待得较多，所以凌云虽没到过，头脑倒是先验地有了印象。其实，这一延绵山地里镶嵌的座座小城，往往大同小异。桂西北大都是石山，易形成石漠，树大都长不高，灌木和草却一蓬蓬地长着。地力不肥，物产欠丰，以前大都生计维艰，现在讲了旅游，一下子都变成好地方，等着开发。要说景点，哪个县似乎都不缺，深山大壑，只消搞好基础设施，大城市人跑来住几天，别的不说，光是清脑洗肺，睡几夜好觉，也不虚此行。

一路森林渐至稠密，我目光随着窗外绿荫划动，脑子突然蹭出一个词：隐居。自然而然地，想到这个词，心中也得来一份惬意。山多路盘，空间被分割得极为零碎，公路难得百米取直，路旁独栋的民宅被车速瞬间扔到后头。还有天空一律的阴沉。我一直认为，阴沉天气是整个西南地区的人生命中最重要的底色。天色的阴沉，总是给人心底一份热烈的企盼，就有了嗜辣的性情，固然为了祛湿，其实热辣之味也是阳光蕴蓄其中。

因在浩坤湖逗留数小时，进城时已是黄昏，这是回家的时候。尽管脑中已形成某种印象，进城后发现，凌云县城还是比想象中小，街两旁的人慢悠悠地走，脸上少有被外人惊扰的气色。有人指了路的一侧，说是"天下第一壶"。在昏黄光线中，那只大壶显得呆板，据说真是黄铜打铸，我想，这又比水泥糊的强很多。在很多地方，看似青铜的雕塑，其实都是水泥胎涂上青铜漆。

住迎晖山庄，说是山庄就在城中，四面环山，门前是河流。晚餐有白切狗，但水酸菜显然更好吃。在座有位五十开外的先生，叫向志文，可以讲评桌上每一道菜，看上去也许并不惹眼，却都有其来头，一看就是地方上百事通型的人物。这种老先生，也许每个地方都有，他们脑中装着地方文史典故，讲起作古很久的人，仿佛昨天还一桌吃饭。他们心里装着故乡每一寸土，往那一坐，开口一讲，外来的客心里就对此地陡生一份敬意。此次活动的资料袋里，有一厚册《经典凌云》，就是向志文先生所撰。晚餐后和凌云本地写作同好见面，礼堂挤满，气氛热烈。我安静坐着，其实写作十多年，这样的场面我很少见到。有一人，显然是朱山坡的粉丝，一掏好几本书叫他签名。我看着他签，那人又掏一本让我签，是五年前出的

《夏天糖》。

睡迎晖山庄，醒来，头脑极为舒适，有醉氧之感。

早粉有狗肉浇码，多要了一瓢。一旁的黄伟林教授，来的路上大发感慨，说搞不清某些爱心人士为何不让吃狗，要说对人类的贡献，牛肯定比狗大吧，但却没人替牛申冤，是何道理？黄教授嘴上抨击，却不见他吃狗。他又有早起习惯，我们上午要看的景点，他趁着晨步，已经逛上一圈，饭后可以当导游领路。可见，县城之小，更甚于昨日黄昏那一点印象。下一点雨，到处起雾，湿漉漉的小城更显出一份从容。

去水源洞的一路上，满城一边下雨，一边起雾，雾呈树状往上拱去，一面伸长，一面膨大，从地到天一律暗白、阴沉。虽是清晨，倒像接通了黄昏。我喜欢这样的景，对的，就像来时想到隐居，眼前氤氲的水汽，让人更增隐藏起来的快意。我想只有西南腹地，才有这样的浓雾，才有这样暗沉的早晨，让人多了几分慵懒。伸伸腰腿，看着这像极黄昏的早晨，不免在心中自作宽宥：晨昏不辨，早晚都混作一团，我又何必费尽心力活这一

天？当外面的世界一概冲着"更高更快更强"进发，偏安一隅，每天睡到自然醒，闻着邻家饭熟穿起自己的衣服，不啻是一种快意。

回过神一想，可能这一年因为调动工作，迁居另一个省份，难免诸事缠身，颠簸劳顿。所以来到凌云，密林、岩崖与雾气交映的效果，倒非常有效地起着安神作用，让人敢于恣意地疲倦，放任自己的慵懒。"此心安处即吾乡"，凌云显然就是这样，切近于人想象中的故乡，遥远静谧，适合存放每个人寄身旅途的无奈。当然，我并不熟悉这个地方，对于本地人，也许面貌已大为改变，但不变是山环水阻，云雾深锁，来到这里，就会心生荒远。

去水源洞只是十来分钟车程，我却被这小城景象搞得浮想联翩，进洞以后却小有失望。洞外石壁上一个"佛"字，不管如何显赫的渊薮，于我这远来之人，却是心底一凉，知道里面的自然光景，又已被改造成弘扬佛法的圣地。这也是我在很多地方得来的印象，佛门清静，和尚是出家之人理应与世无争。事实上，"天下名山僧占多"，一个"占"字，道出本性。不

◎伏龙桥桥墩—林军 摄

光是山，景致优美的洞窟，和尚一弄，就变成全国连锁，标准的配置，一样的装饰，泯灭了各自特性。佛教的造像、绘画、建筑还有诗文，确实已有很高造诣，但这些年看得太多，大同小异。现在许多造像已是福建的树脂工艺品，看样子，清静之人，也是乐得省事。进到水源洞，石壁刻字密密麻麻。往里走，洞并不幽深，却有一阔大厅堂，水声潺湲。中有一老者塑像，隐在晦暗之中，问了几位同来的师友，没人说出他是谁。

出洞，雨又下得响，那一摊水碧绿的颜色，陡生寒意。对岸有几幢白房子，四五层楼高，盖

◎三星塔-肖运宏 摄

◎泗城文庙-肖国权 摄

了瓦顶，挑了瓦檐，砌着三折叠的马头墙，融入环境很深。忽然觉得这也得来不易，像幅画卷，诚因为在太多景区看到突兀的建筑，让人黯然伤神。忽然又想……以后得空，再来凌云，就到这水源洞外租一处房舍，住一段时间。被这环境，被这水色天光滋养，或许能写出不一样的文字。这么一想，自己先笑，去过一些地方，路边风景匆匆一瞥，时有宁静安然的所在，就遥想居住于此的人们，相对自己忙碌的生活，会有更多闲适惬意。作为旅客，难免臆想一番生活在别处，或者进入别人的生活。很多旅程，自己当是踩点，以备日后再来，其实旧地重游的概率并不大，我们可以去的地方很多，臆想中的生活在别处，至今从未发生……正无边乱想，同行的人已走出水源洞，我得混迹其中，奔赴下一处景点。

　　雨越来越大，文庙已积水成洼，乐趣已经变成避雨，或者登殿而不湿鞋。文庙新修过，有残断的漆绘大柱，让人遥想当年壮观景象。新的楼宇毕竟来势汹汹，将文庙围抱其中。而中山纪念堂，似乎也不能成为一个独立的景点，在雨中，所有人挤挤挨挨进到里面，或在大堂后的走廊下，看着一方荷塘，遥想这大户人家当年妻妾成群的景象。这种话题一扯，男人亢奋，女士唏嘘，各有不同态度。一旁的凌云博物馆仍在修建，豪华大气已然显现。有几尊精致的石人石马，此时仍在承受日晒雨淋，不日搬入新居，定会有安享晚年的心情。小小县城，未必留下多么贵重的文物，愈是这样，愈要珍重这不多的家当，把敝帚自珍的态度展示给来人，对方心头自然会有

"小处不可随便"的体认，对这一方山水，更多一层敬意。

此次行程匆匆，来了又走，除了坐船将浩坤湖游一圈，就在县城一带逛荡。身虽已至，心里却是未遂之感。凌云的旅游始得开发，却已形成既定的线路。这倒是全国皆有的现象，任何一个地方，总要找出几处能称之为"景点"的所在，串并成线路，招待来客，似乎这样才能显现主人的热情。我们对旅游总有模式化的理

◎挹翠门-肖运宏 摄

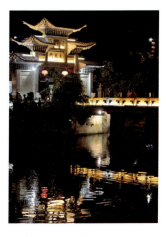

◎ 春熙门–邓明生 摄

◎ 祭孔大典–李彩兰 摄

解，最终也形成模式化的处理，但我来凌云，小住两日，有意犹未尽，也有一些遗憾。我总觉得，此行像是来到一处幽深秀雅的古宅院，而主人却忽略了宅院本身，向来客大肆推介墙上的字画。或者是习焉不察，作为一个过客，我更在意整个水汽氤氲的小城，在意此地有如桃花源般的宁静。到此一游，城中现有几处景点无法让人惊喜，倒是奔赴景点的途中，水色山光如此悦目。我自动将凌云，以及周边数个幽僻的县份，设定为必须重来的地方，或者独自一人，在城中某个旅社住下，晚睡

晚起，可以用慵懒的目光追随街面上同样慵懒的人群。或者黄昏来临，坐在阳台，看看对面峭拔的石壁，以及鸟群，放肆体验一把，何谓萍生如寄。这实在是个整理文人旧梦的好地方。

【作者简介】田耳，湖南凤凰县人，1976年生。1999年开始写作，2000年开始发表作品，迄今已在《人民文学》《收获》《钟山》《江南》等文学杂志发表小说近两百万字。作品多次被各种选刊、年选选载。曾获鲁迅文学奖、华语文学传媒大奖、华语青年作家奖等多种奖项。

乾坤浩荡，
掌心之城可凌云

黄惊涛

　　生命中总有一些风景不是因为远，而是因为近而没有抵达。广西于我便是这样。在我二十来岁时的学生时代，曾去过吾乡邵阳新宁县的崀山游览。崀山丹霞遍地，异峰遍布，景区中有一地，为一突出的山崖，山崖险峻难行，加之云雾缭绕，很难让人分辨置身的是仙境，还是险境。我们那次在山崖上待了一个多小时，好不容易才等到云开雾散，太阳从正顶上洒下道道金光。这时候有人提醒我们，此时所踩之处已在广西龙胜的地界上。我们回头一看，身后一丈开外的巨石上，有红漆画出一条粗线。人说，红线的那边，才属于邵阳……

◎ 七彩茶山-肖发凌 摄

◎ 浩坤湖畔-肖发凌　摄

　　双足分立，便踏足两界，这便是我的家乡湖南与广西的距离。那一次云雾中的"误闯"，让我第一次领悟到了汉语"接壤"一词的精妙。土地与土地的连接，岩石与岩石的碰撞，风景与风景的层叠，使"湖南"与"广西"这两个在汉语词典中互相远望的词语，在一个游者的内心里比邻。

　　后来我来到广东，在广州这个城里住了十来年。我多少次去过比新疆、西藏更远的远方和异域，却未曾去过广西游览。在历史上，广西曾是两广总督督抚镇远之地，而我对于它的印象，则还

◎ 山清水秀-卢芸 摄

停留在少年时代日记本中有关桂林山水的彩色插页上。

2015年中秋月圆前夕，受兄长般待我的广西作协主席东西之邀，我去他"以文字治"的土地赴山水之约。只是我们去的，不是甲天下的桂林，不是据传美轮美奂的阳朔，而是百色的凌云县。百色在我的印象中，首先是一个与革命根据地相关的地名，附着其上的是枪炮声和阶级的纷争，听同行的广西作家、待人质朴诚挚的黄佩华先生讲述，"百色"乃壮语中"拍打、洗涤衣服的地方"之意。中国少数民族的语言中，命名往往带着巧妙而形象的智慧，这些智慧往往与劳作、生产、山水的形象有关，让人眼前立即浮现出狩猎、游牧、农耕时代那种天地苍茫、人在日月山川中行走的景象。

从南宁驱车三百余千米，走高速、接二级公路，跨右江、过澄碧河，先是大路朝天，而后蜿蜒曲折，一路上漫无边际的绿色堆满了视野，香蕉林、甘蔗地与森林连成一片，野草与供人食用的蔬菜莫分彼此，这里完全是一个植物疯长的原野与田园。甚至连那些突兀出来的山峰、怪石也是深墨色的，它们因风化、水流的侵蚀尤其是植物的浸染而变了自己的本色。

◎ 秋日浩坤-秦萍 摄

那天下午，在临近凌云县城的路途上，我们拐弯抹角，穿密林、翻垭口，在层峦叠嶂之际，与山谷、山羊、野生小动物、树木以及低矮的瑶族民居相往还，终于来到一处群山之中的湖泊——浩坤湖。

在进到浩坤湖之前，必须穿过一条人工开凿的隧道。隧道悠长，滴水有声，据说这是浩坤湖发电站的工作用道。隧道这边是一个人口不多的少数民族村落，他们在极艰苦的山地上，刀耕火种，几乎每一处石头的"留白""留情"之处，都让他们种上了庄稼。看到这些对土地从不吝啬自己气力的壮瑶兄弟，望着那些不择土地的肥瘦而只管迸发自己的生命力的果树、菜蔬，想起我的家乡那些被抛荒的上等的好田地，那些只管在城市里出卖自己的劳力，一年、几年还返不了一次家的邻居，不得不让我重新深思人与土地的关系，不得不对这里的人与物产生某种内心的敬意。

隧道的那头便是浩坤湖。从隧道、洞穴的幽深转为一片大放光明的天地，让人有在时光与岁月中徘徊往复的幻觉。然而，突然之间，如陶渊明《桃花源记》所言的，"复行数十步，豁然开朗"，水面面积达20平方千米的浩坤湖便展现于眼前：但见一泓秋水碧绿如玉，在微风的吹拂下，水面荡起层层涟漪，而岸边奇峰在阳光的映照下，将山影投射于湖里，使整个浩坤湖如一幅写意的国画。

我们弃车登船。机动船的突突声打破了这里众山合围而形成的宁静，让只有鸟鸣与鱼跃的地方多出了一些人声与机械的喧哗。船朝着夕阳的方向行进。与其说浩坤湖是一个湖泊，不如说它是一条静谧的河流。据说浩坤湖是澄碧河上游的一段，因山石阻隔找不到自然流淌的河谷而形成。它像一条玉带，柔和地缠绕、盘桓于群山之巅。正如其名，它浩大、坦荡，悬于乾坤之中，似天之眼般的澄澈，如地之幔般的灵动柔滑，使人生出凌云壮志之心，让人有立于天地之间独自向浩荡乾坤敞开心怀的冲动。

游罢浩坤湖，我们当晚宿于凌云县城。晚上在街头漫步，只见街道整饬、楼阁肃然、市井安详。最让人惊奇的是，小小的县城几乎四面被山所包围，尤其是五指山陡然耸立，在夜色中，巨大的山体像黑熊与虎、狮一样盘踞，守护着山下尘世的灯火辉煌，这时候的县城则如一个建于掌心中的城市。当我抬头望见这景象，想到卡尔维诺《看不见的城市》里所描述的那些大大小小、由上帝所拼贴、像搭积木般搭建的城镇，想到我眼前的这一个，我身处的这一个，一定与卡尔维诺所书写的那些有很大的不同，然而却有着同等的魔幻、同样的奇异。如果要我来为这个地方命名，那么我将称它为"掌心之城"。

接下来的几天，我们游览了凌云的"茶山金字塔"，于层层叠叠的茶山中品茗；我们拜访了大山深处的金保瑶寨，观赏瑶民的"大鼓之舞"，倾听他们在群山中回响的长号。在这方曾被历代土司统治的地方，我们感受泗水徜徉和异族人的文明的芬芳。尤其是在县城东北一千米处的水源洞，据介绍，它不仅是澄碧河的源起，也是珠江的源头，这让我这个长年穿梭于珠江两岸的人，顿生出饮水思源之情意。大江大河的源头往往藏于天地的一隅，大海的源头往往在天空之上，想到这些，我必须承认，广西与广东并不遥远，而凌云这方小小的土地足以支撑起它浩瀚的志向。

【作者简介】黄惊涛，文学硕士，广东省《精英》杂志主编。小说《花与舌头》部分篇章连载于《人民文学》杂志，并获2010年"人民文学奖"。

凌云三梦　　　　王小王

◎ **春江秀色**–蒙卫平　摄

不胜烦扰，只想寻个幽清去处，一座山便在眼前。向那山上走，每踏一步，心静一分。待到半山，见一雅致庭院，叩门叨扰，暖笑迎客，虽是陌生，恍若旧友。未有寒暄，煮水烹茶，叶如银针，隐披白毫，徐徐漫展，淡香幽雅，沁人心肺，正是白毫茶。好茶如知己，得之不易，当下心怀感激。持杯饮之，齿间流转，香浸髓骨，待咽下，忽觉清朗如醍醐灌顶，悠长如百年情缘，缭绕于心，挥之不去。弓身添茶，仿如与此茶结拜，从此两心相依相悦，合二为一，互为彼此。茶入我口，即传我无限禅意，禅茶一味，白毫更得禅之髓，更令人静气平心。慢饮二刻，微汗涓涓，茶之清逸从肤里、唇里、眼里、发里漫溢，不啻一番最入心神的恳谈，你懂了我，我也懂了你，你助我悟道，我助你飞升。

道谢别过，踱步而出，继续沿阶登山。一路回味茶之意味，等登上山巅，极目而望，似是被茶汤清洗了目光，始觉眼前竟是一座仙山。幽碧、金绿、青翠、鹅黄，绿得各有韵味，各有姿容，层层尽染，如画如诗。置身其中，顿感福至，感恩天地。与我结拜与我同行沁我肺腑的茶告诉我，这些绝色植物就是白毫茶的茶树。噢，茶之树，茶之母，是它们生出那通灵的茶之叶，茶之芽。我顿生出万千恭敬之心，闭目合掌向万千茶之母参拜，祈求它们永不凋枯，以天地精华养育美茶。它们以一阵仙逸之香应我之求，荡涤了我从俗世带来的满身浮尘。我睁开双眼，却仍只见红尘烟火，仙山远屹，才知只是白日一梦。

莫名喜悦，侧耳，闻鼓乐之声，不是平日习听的，音律陌生却引人入胜。

就循着音声而去，按捺激动，目光却无法掩饰，似生了翅样远远先飞了。青山掩映间隐隐望见气派山门，那定是乐之出处了。愈近愈疑，陌生化成熟悉，竟似本是这山中之女。一阵幽风吹过，忽然间换了衣衫，粗布织染，偏襟盘扣。一抬头，山门已至眼前。一队精壮汉子迎门举起长长的号角，呜呜吹响，号指蓝天，声也震天。我却笃定了，仿若回到家乡，他们是在迎我回家。久违的姐妹们围拢身边，唱起山歌，笑靥羞花，乐冠百鸟，捧上美酒。一饮而尽，柔醇甘洌，荡涤六腑，轻飘飘飞掠山门。鼓乐又响起来了，这次就在耳边。广场上载歌载舞，红绸飘逸，鼓棒翻飞，喜洋洋的号子，欢腾腾的舞步，披挂的银饰锒锒作响。这是我熟悉的铜鼓舞啊，我与他们一起跳起来，舞步优美流畅，从不曾生疏。每张脸上都是笑，美和乐都挂在睫毛上。回来了，回来了，看，清风为我换了家乡的衣裳，我前世是这里最美的姑娘。阿公端上五色饭，阿婆捧出香粽子，妹单拉着我的手儿笑，贵单扯着我的衣襟闹，莎腰妹与我话家常，阿贵向我诉衷肠……他们都念我，都盼我。我的族人们，我蓝靛瑶

的可爱乡亲们，我回来了。

水儿还是那样清，水花像天上的云。天空还是那样蓝，像地上的河。茂密的山林里还藏着我前世的游戏，那颗我扔掉的酸枣核现在已经长成参天大树。那道仙女裙带化成的飞瀑也唱起迎我的歌儿，一林的鸟儿都来应和。我的金保瑶寨，你变得更美了，不负我对你长长的思念啊。我的泪珠儿像珠玉洒在这家乡的土地上。它们那么晶莹美好，我低头捡拾，它们却钻入泥土。抬起身来，衣裳却又变了，我那美丽的瑶族衣衫啊，化成一只鸟儿飞远。我怔怔地回望，只见满目青山，瑶乡一聚，缘是白日二梦。

这日怡人，丝雨怡人，柔风怡人，不炙不寒，淡淡的暖，像被倾心的人抱着。慢慢地走，总觉得有什么在前面等着——不是垂柳，不是古榕，不是绿堤，不是飞鸟，尽管它们都曾让我驻足，望之心中掠起轻喜，但还是向前，似有召唤。恍然间立在一个石洞前，未及疑惑，步子却不由动了，痴痴地踱入。始知何为"洞天"，岩壁遮天，洞深蔽日，却觉有光徐徐环绕，等怦然之心渐静，却昭昭见"佛"。朱红劲笔，本悬于崖上，待看久了，却见

之缓缓移近，咚地撞在心口。虔敬怀视，但见亭台阁榭，菩萨、罗汉都端然坐立，微微笑着。一一合十拜过，便觉得了准许，畅然深入。迎面竟是一片奇崖，大小文字，或朱或碧，或明或幽，或遒劲或清婉，或朴质或洒脱。"天开灵境"舒澈，"寒泉有声"苍拙，"明诚安怀"淡静，"亦蓬瀛"稳沉，"气壮河山"朗阔……仿若踏进仙人书房，高邈轻逸油然心生，连气息都婉顺了许多。"第一洞天"高高在上，乃清乾隆四十三年（1778年）左江观察使王懿德的手笔，俯仰之间，两百多年便走完了，横竖撇捺，岁月也好，人生也罢，不也是如此四则？

忽闻潺潺有声，循之而往，见一素朴宫门，上书"水晶宫"。门侧有联，曰：流水碧无情，是谁悟彻源头，收拾这明月清风，尘海回波登岸去；青山空有色，何日凿开洞口，点染些落英芳草，武陵仙境问津来。一联诵过，顿觉仙风扑面，不知是境幽生联，还是联衬境仙。拾阶入宫，身轻入莲，若浮于水面。石桥雅静，一翁独坐桥头，是念故人，还是思忧国，已化身为石，留下无解的背影。俯望桥下，潭泉幽幽，像独翁浊泪蓄成。退身折向另一处，阶渐湿滑，犹疑间却被牵住了手，雾霭沉沉，不辨面目，但闻声音柔煦沉静，让人心安。他说：跟我走。于是牢握着那只温厚的手，一抬脚，却不是走，迤迤飘飞，眼前瞬间一派奇景，碧泉涓涓，钟乳异丽，石花百媚，不似人间。瞠目结舌，待及发问，却发现已回到初入的大殿，身边哪有旁人，只有佛祖垂目打坐于莲花台。心中刹那涌上无尽伤，无尽惑，佛祖在前，便想一一道来，佛却动了，指指身后，原是"问心"。一崖字刻，独这二字刚才隐于目前，方知是心有所障，此时见了，一心明澈，垂身拜谢佛祖。抬头时却只见朗朗晴空，一江秋水缘洞而出，有书"粤江源泉"，我扶栏而立，思此一游，原来是白日三梦。

品香，闻歌，见佛，凌云三梦，醒了，又未曾醒。

【作者简介】王小王，本名王璐，现居长春，供职于《作家》杂志社。短篇小说、诗歌在《人民文学》《钟山》《花城》《山花》《青年文学》《文学界》《红豆》《诗刊》《诗歌月刊》等纯文学期刊发表，一些作品入选选刊及年度选本，偶写文学评论。曾主编《新实力华语作家作品十年选》（四卷本）。

山水同色是凌云

黄 鹏

一

　　向桂西北走，过了百色市区，出了高速公路，山便显得越来越大，车子就变得越来越小。大小山体连绵不断，牵云带雾地高高低低拥拥挤挤，夏天的热风在绿色的海洋里一阵强劲一阵温和，把车上每个人的感受随着一转一弯一高一低的路程不断地涌上心头，以致在高速路上话语不断的毕飞宇、东西等人，此时也缄默不语，闭目养神。几百里路，山上山下，云里雾里，七拐八弯，一路是颠簸的，让人迷糊在山水同色的摇摆中。

◎ 茶山仙境-肖发凌 摄

二

　　过午时分，穿过一节类似弯管的隧道，我们来到了一个神秘的地方。四周耸峙的石山，点缀着深深浅浅的绿，白色建筑体的民居散在山上、山腰或谷底蹲着，一片清幽的水面收藏着天上的云彩和四周的倒影。车子像鱼般滑行而下，来到了湖边。这就是浩坤湖。果然是一个令人神思

的地方，尽管这地方来一趟不容易，目前知道的人也不多，但正是如此，才值得来呀。放下行李，稍事休息，我们这批"文化名家"就登船游湖。其实早就有"文化名家"来过了。388年前的明崇祯三年（1630年）秋天，有个叫谢子嘉的从桂林来泗城府看望其友岑云汉，土司岑云汉带他到这个"荡荡巍巍，灵物之境珍果生焉""四山围绕，八方汇流……微波万顷，借风势以成纹，似龙鳞千层，藉光而

显耀。湖侧一洞，瀑布为湫，中有一龙，吟鸣如犊，时则吐气，五色成云"的浩坤湖游玩了三天，湖光山色，万千景象，令他们流连忘返。当然，那时不叫浩坤湖，而是叫东湖。岑云汉为此专门写下2033字的《游东湖记》，并命人刻于石壁上。之后慕名而来的就不知道有多少人了。时至今日，我也来了。

湖中和湖周的山都不是土山，也不是完整意义上的大石山。山体上的石头长势有点乱，是那种不规则的乱；有的地方石头很拥挤，有的地方稍微零散，但大都是往湖水方向而来，远看近看，恍惚如各种大小动物，要来饮水、游泳一般。石中石上，泥土顽强地攀附着，坚韧地拓展着生存空间。山上长的植物，很少有大树，大多是小灌木、草和竹子，也不成片，零零星星，很散漫，却都在努力生长着，努力绽放自己生命的颜色，展示生活的姿态。当地居民，在有限的泥土上，种植玉米、红薯、木薯、瓜果青菜，也在湖中撒网、垂钓、捕鱼。而水是清绿幽静的，没有江河的洪波翻滚。微风来，起起纹；大风至，拍拍岸。人游过，起花花；船驶过，翻浪浪。看不见池塘里鱼儿浅游和浮头呼气的情景，能想象深沉下水生世界之悠然自在的活态。

据介绍，这浩坤湖的水是从水源洞而来，经过泗水河，汇集多条溪流，明走暗穿，来到此处，集中成湖，自为乾坤，又暗中行走，到下游衍生澄碧湖。便觉得这浩坤湖真个神奇和深奥，好像蕴含着深刻的玄机：开始时欢欢快快而来，随后低调修行，历坎坷而不惧，经阻滞而不停，始终探索向前，直至理想境界，成就一番天地，仍然造福后续。同时，始终保持本质清纯，固守本真。

或许时过境迁，或许沧海桑田，一小圈游下来，并没有见到当年的龙洞，诸多景致亦未得观，但很多美好的感觉，在《游东湖记》里得到了更宽广的想象，精神是十分愉悦的，身心也是十分通泰的。夜望星空，置身湖边，天地万物融为一体一色，顿有身在浩大乾坤之感。

三

在凌云，山和水的颜色是一致的，都是青青的、绿绿的、翠翠的。这种青青的、绿绿的、翠翠的颜色，呼吸发散出来的就成了清新的空气。纵目放眼，都是一片绿水青山。如果不是山的高度不凸显，你会误以为那是一个绿的平面。尽管有高度不等的山，把绿铺展出层次感，但山水氤氲出来的岚气，让人的视线在蒙眬中，也会感觉好像远方就是一个绿的平面。尤其是登上茶山金字塔，一览众山小，满腔尽茶香；清风四方来，云气八面开；除了天上蓝，遍地是绿毯。那个感觉，恍惚还在浩坤湖面上。

据说，凌云得名始于1740年。《古今凌云》有载："县曰凌云，得名于山，起自清初，以表其峻……因县治东有座凌霄山，雄伟挺拔，三峰并列，高出云表，为县治内群山之冠。凌云，取山之高峻为名，言凌云人之雄心壮志之意，故为县名。"凌云博物馆的资料显示，历史上凌云管辖的范围很是广大，尤其在明代。明代的凌云叫泗城州，疆域北部跨越红水河，到达现今贵州的罗甸、望谟一带，东北至北盘江、南盘江一带。到明朝嘉靖时期，贵州的罗甸、望谟、贞丰、册亨以及利州、唐兴、归乐、上林、安隆、程县、龙川等地，都属泗城州管辖，泗城州成为当时广西左、右江辖域最大的土州。到了

清代，辖域仍然很大。《中国历史地图集》记：清代泗城府的疆域广阔，地界与三省接壤，包括现今的凌云县、乐业县全部及天峨、凤山、隆林、西林、右江、田林部分县区。很难想象，在交通不便的古代，它是如何成为政治中心，又是如何实施管控与治理的。站在茶山金字塔上，我大体能想象得出的，就是古时的千山青翠、万木葳蕤、禽兽横行。地大物博、人烟稀少、山重水隔的古代凌云，或许还有不少瘴气，或许会有很多毒蛇猛兽。不管怎样，山水的颜色肯定是协调的，肯定也是青青的、绿绿的、翠翠的。

到了当代，这种青青的、绿绿的、翠翠的颜色，便插上白绒绒的毫毛，含蕴天地灵气，通过一片片茶叶，飞出凌云，飞向世界各地。凌云本土文人著书介绍：生长在云雾山中的凌云白毫茶有很高的药用价值，具有提神醒脑、帮助消化、增进食欲、降低血压、减肥健美、抗老防衰和延年益寿等独特的医疗保健功效。这个说法的科学性和可信程度不得而知，但凌云多长寿老人却是事实，据介绍，凌云县的长寿老人数量与相邻的巴马县是不相上下的。凌云，成了长寿新常态的拥有者，不

◎ 壮族传统织布工序：棉花脱籽–李彩兰 摄

◎ 壮族传统织布工序：走线–李彩兰 摄

知是否与长期饮茶、呼吸清新空气有关。

　　我有幸品过凌云白毫茶。今年5月，凌云友人罗南给我寄来清明节前白毫茶。因为早已闻其盛名，所以面对此物便平添几分庄重，特意选用了矿泉水来煮泡以保其真，用透明玻璃杯来盛茶以观其态。第一杯，我先把玻璃杯洗净晾干，让它纤尘不染、生水无留，然后用茶匙将适量茶叶放入杯中，再将煮开的水凉至80摄氏度冲入。随着开水徐徐注入，茶叶在杯中翻滚升腾；停止注水，只见茶叶有的如天女散花般悠悠滑翔而下，有的似白云懒散浮在水面转着圆圈，有的像雨线降落不舒不展直奔杯底，有的如天鹅漫步张开翅膀从容舒缓沉潜，有的似水中仙女优雅蹈波起舞，有的如鱼儿嬉戏上下游移，有的像蜻蜓扇翅跳跃优美的弧线……水中茶叶的多姿多彩，是我意想不到的。在注

◎ 壮族传统织布工序：纺线–李彩兰　摄

水同时，一团淡淡的雾气盘旋升腾，离杯口寸余，袅袅消散。与雾气一同弥漫开来的，是清新爽人的香味，这股清香扑鼻而来，先入鼻腔后，部分顺喉而下，漫入肺腑；部分升腾入脑，浸润神经。而茶汤始白，瞬间淡绿，继而青青，再而翠翠。轻轻抿上一口，舌尖第一感觉是有些苦涩，至舌根，变为甘香，咽入，则温润馥郁，沁人肺腑。再饱吸一口，在口腔中稍作逗留，茶香趁机四处出击，然后分次咽下，甘香感觉层层递进，持续扩散，令口肚生津，一时就觉得身心通泰，脑醒神清，回味无穷，不由得惊叹此物虽生出尘土，却涵天地日月精华，已成神品。第二杯，净杯后，我先注入开水，再手捏一撮茶叶放进去，只见茶叶如青螺入水，有的旋转着飞速下沉，至杯底方叶芽伸展；有的轻浮水面，待吸饱水分后才茸毛轻舒。透过玻璃，可见茶叶嫩绿透亮，汤色碧绿清澈。清香缓缓而来，不似第一杯那般疾速。饮上一口，感觉香气有些拘谨；咽入腹中，竟缺少几分酣畅。为何第一杯和第二杯如此差别，至今不得明了。一直明了的是，一想起凌云的白毫茶，便想到了青青的、绿绿的、翠翠的颜色。

　　还让我想到青青、绿绿、翠翠颜色的，是凌云人。在浩坤湖畔，当鼓声响起，篝火燃起，歌声唱起，舞步跳起，穿着自己民族艳丽服装的汉、壮、瑶族同胞们，自然从容地展示本民族的文化。透过不同民族的服饰、不同民族的语言、不同民族的文化内涵，我分明看到的是同一片天空下和谐交融的画面，这个画面温情、欢乐、滋润、亲切、自然、纯粹，富有生机与活力，映入人心的，正是深植在历史与文化厚土下、涌现在人们物质与精神生活中的青青的、绿绿的、翠翠的颜色。而在面对百岁夫妻时，看到他们平静的面容、平静的眼神，听着他们平静的语言和笑声，我感到我面对的

◎ 祭茶－肖国权　摄

◎ 瑶寨瀑布—黎创英　摄

就是山和水，我觉得我看到的就是山和水的颜色，我认为我听到的就是山水交谈的声音。

"久有凌云志"，两次到凌云，每次都行色匆匆。除了夜宿浩坤湖，登上茶山金字塔，还游览水源洞、泗水河、文庙、博物馆，看望了百岁夫妇，观摩了当地少数民族的歌舞。更多的自然景观和人文景观，并没有看到。我想，要全面深入了解凌云的山水颜色，还需要更多的凌云行！

【作者简介】黄鹏，广西宁明人，中国作家协会会员，壮族作家创作促进会副会长，广西散文学会常务副会长。已出版《五色石》《一样的天空》《芬芳飞翔的歌谣》《世纪阳光》四部诗集。作品曾获第三届、第七届壮族文学奖，第四届广西少数民族文学"花山奖"，全国青年散文大奖赛优秀奖，全国青年报刊好作品奖，第二届中外诗歌散文邀请赛一等奖，第二届红豆文学奖。系中国作家协会少数民族文学重点扶持项目获得者。

◎ 茶芽—肖运宏 摄

这温情是紧要

刘醒龙

总听别人说，一道看似平常的茶，潜伏着雅俗好坏正邪各种因素。我是个嗜茶但从不品茶的家伙，有时候免不了受到影响，对着一撮毛尖状的茶叶存疑，又有冲着一杯熟悉到不识颜色的茶水辨证，还会为了天下独有的茶香寻思与别的花草的区别，再用同样心思琢磨有茶的境界，能否真的妙到不可言说。

好山好水出好茶，什么叫好茶？在离长江南岸很远的南方，一个脱离长江水系，做了珠江源头名叫凌云的地方，那里有一群人将黑颜色当作美丽，染透身上的所有露在外面的服饰。在属于这些瑶族人的山里同样少不了茶。那天正在茶林中走走停停，心里想着，一身素缟的靛青瑶族女子，在嫩绿无边的山野间采茶的样子，与别处花团锦簇的采茶女子，在审美上孰轻孰重。手机里忽然传来消息，有人邀请我去一个茶名显赫的地方品茶与访茶。在第二时间我表示遗憾，而没有选择在第一时间拒绝。我不能直截了当地表示自己一向不喜欢那种茶，尤其不喜欢越来越多地喧商业利益之宾，夺茶山茶树茶叶之主的行为。

一个人断断不能因为自己的欣赏，就肆无忌惮地放大自己的不欣赏。我不想去的那个地方出品的那种茶，毕竟也是万千饮食男女唇舌所好的上品。一个人岂能只顾自己而硬要坏他人好事？就像见到别人在那里不是装模作样、不是忸怩作态、不是无聊生事，是真正热爱、真正投入、真正痴迷地用最软的嘴唇，最细的舌尖品着真的值得细细品味的茶滋味时，偶尔有几个片刻，我会平白无故地悄然笑一笑，又笑一笑，再笑一笑，而断断不会作其他评论。

旧事泛起才会导致会心浅笑。与旧事相遇时我只有18岁，在一处深山水库工地上被人当作技术员。临时住的稻场上架了一口用来炒茶的大锅，还有省里派人送来的揉茶机。如果没有这机器，单凭十指揉制那些刚刚起锅的芽叶，既累人又费时。山野中人偏偏要在耕种间隙做一种特制的茶。薅过水稻，收罢小麦，穿草鞋的男人将草鞋脱了，光着双脚，找来一只板凳坐下，没穿草鞋的则直接坐在板凳上。板凳前面放一块青石板，青石板上放着从锅里取出来的热气腾腾的细茶嫩叶。没人洗手不要紧，关键是没人洗脚。男人们将那踏遍山间泥土与青草的赤脚踏在青石板及茶的芽叶上，使劲地搓来揉去。我见过也听过他们说，某次村里给省城爱茶也懂茶的人送去一些茶，对方深为喜爱，特送来揉茶机表示谢意。村里人将机器揉制的新茶送到省城表达回谢，对方却不高兴，嫌这茶不好，点名只要与前次一模一样的茶。山野中人只好按对方的意思去做，却不好意思说这茶是用脚板揉出来的。省城那些人的品位，笑翻了全部揉茶人。

说这些话的他们的笑容，像花一样开在记忆

◎ 背陇瑶服饰-肖国权 摄

◎ 人在画中行–肖发凌　摄

里。我那绝非不怀好意的窃笑里，一直有对品茶太精细者的担心，怀疑他们是否正确理解揉进茶香中的乡间野性。事实上，在水田里浸泡一天，在沙土中磨砺一天，这样的赤脚具有更多乡野气息。

在这叫作凌云的地方，山有山的野性，却比画笔更艺术。水因水的乡情，而超越文章所能表达的境界。至于那让好茶人心驰神往的白毫，从到达的第一天，就不间断地品了又品，个中滋味到底有没有

蕴含同样久负盛名的边地气质？抑或南华古城纯正绵厚的命定？那天，因为天上还在下着暴雨之后的小雨，因为地上反射着黄昏到来之前的天光，茶园里的山和山里的茶园，被不多不少的云雾迷糊了，肯定很美的圆润山头曼妙树冠，硬是让来人看不出太多的美。一身夏装更是挡不住避暑胜地的秋日哆嗦，待进到山顶采茶人的房屋里，深呼一口寒气后，第一眼望着的不是茶与茶壶，而是茶与茶壶之下的一盆炭

◎ 孩童闹春-肖运宏　摄

火。围坐在火盆边，采茶女子拿起一把木勺，揭开一个安放在炭火上的老大土罐，一股茶香忽然腾空而起。待那把木勺舀起一些茶水带着潺潺声倾入炭火旁边懒散放着的茶杯时，不等拿起来，关于茶的最重要意境已经弥漫于心。

我想起少年时候冬季到十几里外的大山深处砍柴，又饥又渴又冷时到路边人家讨得一杯热茶喝下去的温暖滋味。我想起上中学放农忙假到田野上帮忙收获酷热赛过火烧时，远远地有人拎来一只巨大的茶罐，不待吆喝便跑将上去，倒出一碗和体温差不多的茶水，对着太阳畅饮的滋润滋味。我想起长大离家后每一次回家，母亲用滚烫的开水泡上满满一杯茶端过来时，做儿子的用嘴唇浅浅一试，那种一口喝不下去，又很想一口喝尽的恩情滋味。我想起的还有此时此刻，与新老朋友坐在一起，围对炭火，环伺友情，小小茶杯盛下的是与茶长久共存的温馨记忆。

我想起的还有，人对山野的淳朴，山野对人的哺养，或许正是通过山野中人用脚揉制的茶传递到千山之外，万水之中。这世界的一切全都有着人所不知的秘密交流，完全由着自然法则出现的茶，肯定是城乡之间秘密交流的最常见方式与捷径。相信茶是对的，唇齿相依的滋味才是茶的本性。让上帝的归上帝，恺撒的归恺撒，到凌云围着炭火喝上三六九杯从土罐里舀出来的那些清香，是让茶回归了茶！即便是汗流浃背的盛夏，也要来上一壶。即便没有家人或朋友相伴，独自一人时更能体会这脉脉温情对于我们的紧要，因为这温情从来就是我们一生中的紧要。

【作者简介】刘醒龙，中国作家协会全国委员会委员，湖北省作家协会副主席、武汉市文联副主席、《芳草》杂志社总编。曾获首届中国当代文学学院奖、第二届中国小说学会长篇小说唯一大奖、首届鲁迅文学奖，第四、第五、第六届《小说月报》百花奖，第七届庄重文文学奖，首届青年文学创作成就奖等。中篇小说《凤凰琴》和《秋风醉了》被改编为电影《凤凰琴》和《背靠背 脸对脸》，获国内外多种大奖。长篇小说《爱到永远》被改编成大型舞剧《山水谣》并获文化部戏曲文华奖。部分作品被翻译成英、法、日、韩等国文字。长篇小说《天行者》获第八届茅盾文学奖。

◎ 牧归-罗南 摄

味觉记忆

东 西

每每一喝白毫茶，我就想起我爹。这是味觉记忆，就像玛德莱娜蛋糕刺激法国作家普鲁斯特。

那时候，我生活在天峨谷里村。每年清明节前后，远山近树湿漉漉的，草长了，树叶密了，白白的浓雾缠绕在山腰，要等太阳升到半天，雾才散去。看着高山密林，却不懂如何形容自己的心情，直到在县城读高中听到一首《童年》，身体才"嘎"的一响，终于找到那句准确的描写："没有人知道为什么/太阳总下到山的那一边/没有人能够告诉我/山里面有没有住着神仙……"那时节，大人们都在忙着耙田插秧，为来年生计抢水，抢时间。但不管农事多忙，我爹都会跟队长请假一天，上山采茶。虽然我年纪小小，却知道这一天"假"冒了极大风险，弄不好就背上个消极怠工的骂名。若要上纲上线，就是破坏农业生产。可我爹不管三七二十一，每年总在那个时候，总有那么一天，于清晨出发，钻入高山荒坡，到傍晚背回一背篓绿油油的茶叶。他让我知道人除了吃饭，还有另外一件重要的事情，那就是喝茶。

他采的是野茶。因为生产队开荒种地，野茶树越来越少，只有高坡和悬崖边还有些许幸存，但东一棵，西一棵，有时要蹚过重重茅草，爬过半座高坡，才能找到一棵没有被人采摘的茶树。遇到一棵茶树，他恨不得把每片叶子都采了，而不会只采茶芽。所以，在我童年的印象中，茶叶就像树叶那么大。生茶叶焯过，放在簸箕里晒干，然后装进竹篓，挂在干燥的地方。每天劳作归来，或者家里来了客人，我爹就抓一撮干茶叶，放到茶罐里去煮，

◎浪伏村千年古茶树–向志文 摄

◎ 蓝靛瑶服饰-罗南　摄

或独享或分享。在他与客人交谈中，我知道那种茶叫白毫。

19岁，我开始学习喝茶。茶叶都是回村时亲人们送的。每喝一口就想起家乡，就想起那个诗意的名字。于是查字典，才知道白毫之所以叫白毫，是因为茶叶上长着细小的白毛，其产地在凌云县。为什么是凌云县？我的家乡不是也有吗？于是查地理书，才知道凌云县与我家乡毗邻，同属云贵高原边陲。终于，我找到茶叶的归属。仅此，仍觉得不满意，总觉得这个茶不应该这么平凡。于是，买了一本介绍地方风物的书，翻到白毫茶一页，顿觉扬眉吐气。原来，这茶在1915年巴拿马万国博览会上和国酒茅台同获金质奖。这么高的荣誉，属于凌云，却不属于我的家乡，心里戚戚然。于是又查历史，才知道，我的家乡县直到1944年才成立，其中一部分地方是从凌云县分割出去的。不是吹牛，我在30年前就研究这个茶了，为了一点家乡的自豪。那时，凌云县的好多茶树都还没种下，今天成片成片的茶山，当时还是荒地。

1990年，我调到《河池日报》工作，到凌云采访。凌云县文化馆长在接受采访之余，请我们到他家喝了一壶白毫茶。以前我喝的是茶叶，这次喝的是茶尖，味道远远超出我的想象：清香扑鼻，舌根回甜……于是，当场决定购买。馆长说不急，等清明前我帮你买了寄去。一问价格，二十多元一斤。当时我的工资一月还不到一百块。但是，我太喜欢那股茶香，一咬牙交给馆长半个多月工资。第二年清明，我收到两斤白毫茶芽，泡给朋友们喝，他们都咂嘴巴。

后来送茶的人越来越多，茶的档次也越来越高，我基本就不喝白毫茶了。加上胃的原因，我改喝红茶，再好的绿茶也被我转手送人。去年，凌云县开了一个笔会，我才知道白毫茶不仅可以做绿茶，也可以做红茶，还可以做黑茶。我选红茶一试，顿时满口生香，家乡的味道扑心而来，脑海里全是我爹背着茶叶回家的身影。

"八项规定"之后，再没人送我茶喝。我得自己买。自己买就要选择，不像过去别人送什么就喝什么。现在我选茶，除了味道，还要选环境。干燥地方出产的，不买；重金属污染之地的，不买；工厂林立之处的，更不能买；雾霾之地的连想都不想。这样一排除，当然就选白毫红茶。因为我知道，它产于零污染的高山，除了清香，喝着还安全。看着茶叶在水里沉浮，看着杯口腾腾热气，眼前常常浮现家乡美景，就想这哪里是泡茶，分明是在泡一山的云雾。

【作者简介】东西，原名田代琳，男，现任广西作家协会主席，著有长篇小说《篡改的命》《后悔录》《耳光响亮》《没有语言的生活》《我们的父亲》《私了》等，曾获首届鲁迅文学奖，多部作品改编为影视剧，部分作品被翻译为英文、法文、俄文、德文、韩文、意大利文、日文、越南文、希腊文、泰文和柬埔寨文。

◎ 绿色茶梯-肖发凌 摄

凌云问茶

潘 灵

久无凌云志，只想吃茶去。

电话是东西兄打来的，要我去凌云一游。我年近半百，才与八桂结缘。48岁，终有机会去一趟桂林，山水还没有看够，我又快马加鞭，赴南宁，醉于酒，输于牌，但赢了友情。回滇不足半年，东西兄深情一唤，我又随风潜入桂。这次不喝酒，只问茶。

一车文学桂军，一车外省"乌合之众"，就从南宁出发，去百色的凌云。美丽南方，满眼都是卖弄风骚的绿，与我同座的小说鬼才田耳，像一个久经风月的老手，对满目的苍翠熟视无睹，一路给我讲述的都是湘西和他的凤凰城。这让我有了些许的担忧，这广西新贵，骨子里全是湘西匪气，会不会水土不服？于是就想给他一杯茶的安慰。

就这样到了凌云。

主人很热情，晚宴加晚会，让习惯了冷清的作家们，有些手足无措。旅途劳顿，终觉疲惫，我独自回屋，蒙头大睡，全不顾凡一平狗肉消夜的诱惑。翌日清晨早起，竟精神抖擞，整个呼吸道舒畅得想高歌一曲，但冲动终被理智制止，于是拿出从云南带来的滇红，沸水冲泡一杯，慢慢品尝。

山高得像云南，树翠得像云南，空气干净得也像云南。但滇红茶在嘴里，却不像云南。我在广西凌云，竟喝出了滇红的极致，绵软与醇厚，在茶香尽泛中，有了别样的滋味。

这滋味，缘于水。

凌云水好。从喀斯特地表下流出的水，甘纯、软，是泡茶的好水。但坐在号称广西茶乡的凌云喝云南茶，连我这个云南人也觉得有些怪异了。

旅游总是走马观花，看一个大概，留一片朦胧。这次凌云之行也一样，看山望水，体验瑶族风情，感受凌云历史文化，听县领导描绘凌云未来蓝图。我是一个不合格的观光客，看的山望的水养了眼，却没有在心里记住山水的姓名；感受了瑶家

◎ 凌云白毫茶茶花-向志文 摄

的纯朴、善良与好客，却忘记了它是众瑶支系的哪一支。写这短文时我苦思冥想，但终未想起来。

终于等到了去茶山。

车在狭窄的公路上爬行了好一阵，才走完这三十多千米的路程。下得车来，人首先感到的是一种轻轻袭来的滋润感，我心抖了一下，据多年问茶经验，知道自己又与茶相遇了。

这片茶山属于一家制茶企业，我们去的是它的基地。这家企业的名字，现在我已忘了，但在基地喝茶的经历，却鲜活地存在我的脑海里。

在这家企业的基地，我潦草地走了半亩茶园，就回到了品茶的地方。我从不相信视觉，我用味觉问茶。茶水漫过舌尖，优劣自现。

首次喝到的竟然不是被凌云当地炒为一绝的凌云白毫，而是一款黑茶。黑茶，顾名思义，就是看上去黑得有点像炭的一种发酵茶。我原以为，黑茶更多地产于湘川两地，在凌云邂逅，多少有些意外。这凌云黑茶，滋味如何，让我来了兴致。

我们喝的凌云黑茶，是煮茶，也就是将茶砖上的茶掰下来，放在沸水里煮。

我想起这次问茶的经历，真想感谢我们的茶主人，感谢他用黑茶来招待我们。这茶像极了广西作家，朴素的外表下面，藏了灵气、鬼气和豪气。这黑乎乎的一坨，在文火的煎熬中，茶气被慢慢释放出来。初次喝凌云黑茶，让我不自觉想起了普洱茶。这黑茶像普洱，又不是普洱，它没有大叶种茶的那种霸气，但它温软、轻盈，充满了灵动之气。再喝，它浓醇、厚实，变幻中有鬼匠之气。一坨茶，几经煎煮，依旧滋味无穷、变化万千，有种不发挥到极致不罢休的豪爽之气。

泡茶是学问，煮茶也是学问，凌云黑茶，是用文火煎煮的茶，它需要煮茶者有耐心，喝茶者也要有耐心，要放下性子，慢慢地品，从轻至重再轻，品尝出这茶带给你的峰回路转、跌宕起伏和起承转合。好茶总是会引领吃茶者，让他们在一壶一杯中，感悟到这世界和人生的奇妙。

后来喝到了大名鼎鼎的凌云白毫。我不得不说，这是一款从视觉到味觉都统一至佳的名茶。我感受到它的清新和柔美。我不得不说，它是一款安静如处子的茶。有些内敛，有些淡雅，稍不留神，你就会错过它的生动，就像错过那回头一笑的南

◎ 茶芽-肖发凌 摄

国少女一样遗憾，就像我忘了邀田耳一起喝茶一样遗憾。

事实上，凌云之于我们这样的外省人来说，被捧在一个茶杯里，已经足够！

【作者简介】潘灵，云南巧家人。现为《边疆文学》主编。1985年开始发表作品。1998年加入中国作家协会。著有长篇小说《血恋》《情逝》《红风筝》《香格里拉》，中篇小说集《风吹雪》。所编图书获中宣部"五个一工程"奖、国家图书奖、中国图书奖。2002年被评为全国优秀中青年优秀编辑。

凌云白毫

金化伦

30岁以前，我极少喝茶，不是不爱喝，而是无茶可喝。少年时代，我在天峨乡下的大石山区生活，因为土壤和气候不适宜茶树生长，乡亲们一直没有种茶习惯，茶叶不能自给。参加工作之初，我的工资仅够糊口，没有闲钱买茶享受。30岁那年，我在北师大读完研究生分回广西壮族自治区党委宣传部工作，在开会或应酬场合，终于有机会喝上了茶叶，但未嗜茶如命，平时有茶不错，无茶亦可。 35岁那年，我升任办公室副主任，分管文秘工作，几乎每周都要撰写材料，有时材料要得急，头天领导召集我们布置任务，要求第二天必须上交，为按时完成这种苦差事，我们只好通宵达旦地加班赶写，写到思路堵塞或精疲力竭

◎ 自治区级非遗文化之凌云白毫制茶技艺: 采茶–卢芸 摄

时，我就一支接一支地抽烟，借以提神醒脑。如果思路还是打不开，我只好换一种方式，泡上浓茶不停地喝。久而久之，喝茶便像吸烟一样上了瘾。我喝茶从不挑剔，不管区内的还是区外的，高档的还是低端的，逮到什么就喝什么。最可笑的是我不懂得品茶，爱饮不爱品，每每泡好一杯茶，就像从前在乡下喝酒一样，端起茶杯大口大口地往嘴里灌，不习惯小口小口地啜。因为我总觉得小口品茶虽然显得斯文体面，能够尝出茶的真味，但缺乏荡气回肠的快感，还是行家们不屑一顾的"牛

饮"方式让人酣畅淋漓。作为世俗之人，我成天要为生活奔忙，不懂得在茶中悟禅，总觉得喝茶是喝茶，修禅是修禅，两者没有必然联系，很难合二为一。说句得罪人的话，所谓"禅茶一味"，不过是佛家故弄玄虚的诳语，不必奉为真理。基于上述习惯与认识，我评判好茶的标准非常简单，一是口感舒爽，二是饮用方便。以此标准来衡量，凌云白毫堪称茶中翘楚。

我和凌云白毫结缘的情景，至今仍然记忆犹新。那是2001年8月，部里举办县级宣传部长培训班，几天的课堂培

◎ 摊青—卢芸 摄

训结束后，已调到网络处担任处长的我受命带领部分学员经
甘肃赴新疆考察，其中一位学员是凌云县委常委、宣传部部
长吴再强同志。他讲一口西南官话，其声韵和腔调与天峨人
说的无甚区别，我听起来就像乡音一样亲切。这不奇怪，从
清朝乾隆年间至民国初期，今天峨西北部分地方及西南大部
分地方，本属右江道泗城府凌云县管辖，直到民国二十四
年，也就是1935年，天峨县才独立建置。如果时光倒流一两
个朝代，我和他就是凌云同乡。加上他和我一样出身农家，
有相似的成长经历，还有共同的烟酒爱好，所以我们俩特别
投缘，一路上他像大哥一样对我关照有加。到达乌鲁木齐的
当晚，我们一行七八个人上街找到一家小饭馆，订了一个包
间，在里面品尝新疆特产烤羊肉和伊犁特曲。酒至半酣，几
位健谈的部长打开话匣子，聊起各自家乡的风景特产，脸上

◎ 杀青-卢芸 摄

浮现得意之色。坐在我旁边的再强兄笑而不语，我见状端起酒杯和他干了一杯，随口问他凌云有何特产，他不假思索地回答说，凌云的特产很有名，我不说你也应该知道。我实话实说，以前没留意过，真的不知道。他听了颇感惊讶，马上解释说，就是白毫茶呀，此茶生长于凌云境内云雾缭绕的山中，因其叶背长满细小的白毛而得名，是色香味俱佳的广西名茶。这么好的茶叶连大机关的处长都不知道，看来我这个分管茶叶产业的宣传部长不称职，对家乡特产宣传不到位，今后我们一定要加大宣传力度，提高它的知名度。回去我送你几盒白毫茶，你仔细品尝品尝，如果觉得不错，不妨在同事和亲友中帮我们说点好话，积点口碑，这也是一种有效的宣传方式嘛。当时我认为他这番话只是应景之辞，当不得真，他姑妄说之，我姑妄听之，过几天就把此事忘到了九霄

◎ 揉捻-卢芸 摄

◎ 烘干-卢芸 摄

云外。

不料再强兄很讲信用，大约两个月后，他出差南宁办事，特意抽空到部里看望我，并给我带来几盒凌云白毫茶。寒暄完毕，我打开其中一盒的外包装，取出适量茶叶放进杯中，倒入开水加盖浸泡。过了几分钟，我打开杯盖，但见茶汤黄绿透亮，袅袅水汽伴着板栗一般的香气扑鼻而来，从鼻孔渗入心房，便端起杯子"咕咚咕咚"喝下一大口，其味香甜清爽，算得上茶中珍品，我从此对它刮目相看，进而情有独钟。后来百色的朋友得知我爱此茶，每次上南宁都给我带来一些。一旦这些茶叶即将喝完，我便到商场自购几盒，存放在办公室里备用。闲暇时和三五知己聚会聊天，如果话题涉及品茗，我总是由衷地对凌云白毫茶夸赞一番，仿佛自己就是此茶的代言人。如果出差外省，方便的话我也会带上一些凌云白毫茶，赠送给熟悉的同行或亲近的朋友，让他们品味广西好茶。

尽管好这一口，但以前我从未专程去过凌云，只是出差乐业时路过，对其白毫茶孤陋寡闻，了解甚少，因为喝过的白毫茶均为绿茶，便想当然地认为凌云白毫茶只有绿茶一类。2015年9月下旬，我应邀随区内外一批作家赴凌云参加文化采风活动，虽然停留的时间不过两天，但在下榻的旅馆、街上的茶馆和金保瑶寨，我们尽情领略了当地不同的茶叶。特别是在参观八桂凌云产业园的过程中，我们不仅饱览了茶山美景，体验了制茶工艺，欣赏了茶艺表演，品尝了美味红茶，而且聆听了茶艺姑娘的讲解，掌握了关于凌云白毫茶的很多知识。原来凌云白毫茶除了制作绿茶，还可以加工成红茶、白茶、黄茶、黑茶和青茶，享有"一茶千化"的美誉，堪称亚洲之最。每类茶又有不同的品种，比如绿茶有白毫王、白毫银针、凌螺王、凌螺春；红茶有金钩红条、红螺王、红碎茶；白茶包括白牡丹和白毫月芽。凡此种种，不必一一列举。每类白毫茶均有帮助消化、解腻利尿、提神醒目的功效，同时各有独特的口感和韵味，比如绿茶清新，红茶醇厚，黑茶蜜香。无论顾客喜欢哪种类型的茶叶，茶乡凌云均可满足你的要求。如此看来，凌云白毫茶在国内外茶叶评比中屡次斩获殊荣，是其自身实力的体现，绝非浪得虚名。

在凌云采风期间，有个问题一直困扰着我：十几年前，我还不知道凌云白毫，可见其名声不算响亮。为何十几年后，它却异军突起，成为中国名茶的新秀？经过询问了解，我终于找到了答案。从前凌云人习惯以粗放方式种植白毫茶，一味追求高产，总体质量没有保

◎ 成品-卢芸 摄

◎ 凌云白毫茶-米儒聪 摄

证，导致市场销售状况不佳。从二十世纪九十年代中期开始，当地一些茶业公司为了摆脱困境，决定破釜沉舟，放手一搏，转型生产有机茶。为确保生产出纯正地道的有机茶，在原有的茶山和新开垦的茶地里，他们不再施用人工合成的化肥、农药和除草剂，而是施用农家肥，并依靠人工除虫除草。为满足茶叶生产对农家肥的需求，茶乡人可谓费尽了心机，付出了艰辛。我在广西新闻网看过的一篇报道说，当地一家公司曾派人深入桂西北地区，甚至跨省到达云南和贵州，四处采购最适宜种茶的羊粪。据说所到之处，哪个村养羊，哪户人家有多少只羊，哪片山头有羊群，采购人员可能比当地畜牧局的员工还要清楚。凌云县委县政府则因势利导，顺势而为，致力于把白毫茶打造成中国有机茶的著名品牌，通过建设富硒有机茶现代特色农业（核心）示范区，引领带动全县有机茶生产，使之不断发展壮大，成为该县脱贫致富的支柱产业。

由于采取这种纯天然、无污染的方式生产加工，白毫有机茶的品质有了显著提升。新世纪以来，随着人们生活水平不断提高，食品安全意识日益增强，对人类健康有益无害的有机白毫茶终于摆脱长在深山人未识的尴尬，越来越受消费者的青睐，连续几年成为中国—东盟博览会指定用茶，在区内各市热卖自不必说，在区外的广州、上海、香港等大城市的销售业绩也不错。前几天我和作家东西等朋友聚会，在聊及不久前的茶乡凌云之行时，他兴奋地告诉我，当时朝鲜族女作家金仁顺在凌云尝过白毫茶，对其美味赞不绝口，回到吉林不久，专门跟他联系，请他代购一批茶叶寄过去，她要送给亲朋好友分享，以后还想成为凌云茶的固定客户。更令人欣喜的是，凌云白毫茶已走出国门，远销欧洲的爱尔兰、非洲的摩洛哥等国家。随着凌云茶相继通过欧盟和美国的有机产品认证，相信在国外的销售行情会进一步看涨。

其实广西出产的好茶为数不少，并非凌云白毫茶独领风骚。比如桂平西山茶历史悠久，色泽翠绿，汤色清澈，滋味甘美，气味芳香，被公认为绿茶中的上品。记得几年前的春夏之交，一位在重要部门任职的贤兄请我们品尝刚上市的正宗西山明前茶，其清新甘甜的口感，让人回味无穷，飘飘欲仙。难怪二十世纪五十年代，西山洗石庵的住持释宽能法师对其自产的茶叶质量非常自信，特意精选两斤西山茶，作为礼物寄给一代伟人毛泽东主席。但产于西山棋盘石一带的茶叶数量稀少，要弄到正宗的棋盘茶并不容易，一般客人无福消受。梧州六堡茶在南方久负盛名，与云南普洱茶不相伯仲，其品质"红浓陈醇"，具有提神醒脑、健脾消滞、生津消暑的功效，但该茶饮用起来比较麻烦，须置于瓦锅或茶壶之中，用明火煮沸，才能喝出其陈醇韵味和槟榔香气。如用开水冲泡，因为温度和时间不够，美味不易析出，入口后有股轻微的霉变感，容易败人兴致。作为机关里劳形案牍的上班一族，我在饮茶方面一向贪图省事，没有闲心履行洗茶涮壶、添水生火等一系列烦琐程序，然后坐在旁边，静候一壶好茶煮成。所以我钟爱的广西茶叶，还是冲泡简单、口感上乘的凌云白毫茶排在第一。

我本单调乏味之人，除了抽烟喝酒，几乎没有其他爱好。自从喝上凌云白毫，我的生活才增添了另一种美好的滋味。饮茶思人，不知道让我与凌云白毫茶结缘的再强兄过得可好？上次前往凌云，因为活动太多，安排太紧，未能抽空晤面，真对不起你。如你有机会上南宁来，请务必告诉我，我一定尽力款待，与你推杯换盏，重温旧情，尽兴而归。

【作者简介】金化伦，广西天峨人，研究生学历，文学硕士，现任广西壮族自治区党委宣传部副部长、网信办主任，散文家。

凌云茶香远

张柱林

◎ 古茶树–向志文 摄

◎ 采茶-肖国权 摄

久有赴凌云之志，但一直缘悭一面。今天终于能够走马观花，一睹真容。凌云山水雄奇，得之于自然造化，上天厚赐，非关人力；泗城州府时期，辖域远非今日凌云县可比，足堪引人遐想，起怀古之幽情。真正能够烘托凌云的，其实最重要的就是茶叶，人力种植，文明成果，凌云人与有荣焉。

凌云境内有许多古老的野生茶树，不过都长在人迹罕至的地方，外人很难得见。当然这说明不了什么，好多地方都有一些熬过岁月摧残的老东西，但并没有发展成为一种产业。显然，重要的是人，而不是那些独特的事物。我们只去参观那些和我们的生命息息相关的事物，也只关心那些事物。凌云茶叶之所以出名，并非因为那些历经风霜的野生茶树，而是人工栽培的白毫（毛）茶。也许其他地方的茶叶也有芽背上长茸毛的，但不会如此之厚密，所以这白毫（毛）茶就显得别具一格。也许野生的并没有那么多毛，或者颜色没有那么白，人们反复择取毛多色白的培植，最终才形成了这满布白茸毛的名种吧，当然我并不能确定事实就是如此。事情就是这样，许多仿佛出自天然的，其实刚好是人为的结果。

当然并非所有的人为因素都是有利于事物的发展的。宣传种茶历史的悠久即是如此。凌云人为了证明自己很早就喜欢和习惯了喝茶，甚至搬出遥远谬悠无端崖的仙翁、瑶王和茶圣陆羽，其实不是所有的东西都是越老越好。即以茶叶种植而论，肯尼亚直到二十世纪初，才有人开始试种茶树，其大规模种植更是晚至二十世纪下半叶，可到今天，它已经是世界最大的茶叶出口国了。印度和斯里兰卡也是英

◎茶色– 向志文 摄

国人到来后才开始大规模栽培茶叶的，和中国的种茶历史相比，短得可怜，可现在其茶叶产量和出口量与中国相当。这就说明，一种产业，有时候并不需要历史和自己的文化传统作为保证。那些历史上出产茶叶的地方，如中国的长江中下游一带，由于长期耕作，土地营养耗竭，今天要靠化肥和农药才能维持产量，其茶叶已无品质保证，所以很难出口到那些标准高的地区，如欧盟，而肯尼亚和斯里兰卡等地的茶叶种植时间短，土壤肥力有保证，且不施农药少施化肥，反而受茶叶进口国的欢迎。凌云许多山区，才刚刚开始种植茶叶，这正是优势而不是劣势。

茶是一种古老的饮品，中国许多古老的书籍里都有记载。到唐代陆羽的《茶经》问世，关于茶叶和饮茶的知识已经系统化。关于茶叶种植的最佳地带，陆羽认为必须向阳而又有树荫，即既能保证充足阳光的照射，但又不能长时间直射而气温又不宜太高的地方。凌云的亚热带山区气候，气温不高不低，雨量适中，多雾，正好符合这一要求。除阳光温度湿度等气候条件以外，土壤对茶叶种植也很重要，而凌云的沙土是最好的种茶土壤类型。当然，具备了这些优良的自然条件，茶叶不会自己长出来。凌云人是精心种植茶叶的，甚至不是当成一种产业，而是一种事业。当你站在种满茶树的山头，不禁为那壮观的气势动容，人们将原先的荒野开辟成茶园，在一定程度上改变了地球的面貌。不知道凌云有多少大规模的茶山，单是想象春天清明前后满山的采茶姑娘，纤纤素手，翠绿片片，就足以令人神往了。

人们常常记得茶是一种饮品，却忘记了它同时是一种瘾品。由于可以理解的原因，我们总是在宣传手册上看到，茶叶可以抗癌，可以促进新陈代谢，维持身体重要部位如心脏的正常机能，可以延缓衰老，甚至可以减肥，不用说，它最重要的功能是振奋人的精神，增强思维和记忆能力，简单地说，就是提神。这种兴奋提神作用源于茶叶中含有一种会让人上瘾的物质成分，即大名鼎鼎的咖啡因。茶叶起作用的最重要成分居然是用它最大的商业价值竞争对手命名的，这不能不说是一个历史性的误会。奇怪的是，好些人用"咖啡和茶"这样的题目来做文章，把咖啡和茶当作两种不同文化的象征符号。于是，喝咖啡成了洋化的时髦，而喝茶则成了传统文化的赓续。其实，两者只是习惯不同，并没有学者们高调宣布的那些附加价值在上面。回头说，传统对习惯的养成具有决定性的作用，今天，虽然中国有人喝不加糖的黑咖啡，但多数中国人喜欢或只喝加糖的咖啡，这是因为中国人是从西方人那里学会喝咖啡的，西方人改变了美洲原产地喝咖啡的习惯，在味道苦的咖啡里加糖，不然，普通人很难接受。但中国人一般不往茶里加糖，而在西方，常常是加糖的，对他们来说，茶和咖啡一样，有一种难以接受的苦味。有苦味而又能使人上瘾，这既是茶叶的力量，也是传统的力量。

在凌云喝茶是不是一种传统，我不知道，我知道的是，如果凌云茶叶一直保持它的传统品质，那喝凌云茶就会成为传统。我希望凌云茶成为一个品牌，就像风靡世界的立顿红茶一样，即使有一天凌云不出产茶叶了，也仍能屹立不倒，香飘万里。

【作者简介】张柱林，广西天峨人，文学博士，广西民族大学文学院教授，博士研究生导师。在国内外报刊发表论文、散文、小说等作品多篇，出版《一体化时代的文学想象》《小说的边界：东西论》等专著，参与编撰著作多部。曾获广西文艺创作铜鼓奖、《南方文坛》年度优秀论文奖、广西文艺评论奖等奖项。

茶山金字塔—向志文 摄

致凌云

132

凌云深处有茶香

李晓晨

北方的深秋，屋子里冷得缩手缩脚的。捏一小撮茶，任凭叶子在水里舒展开，停顿会儿，再尝，却怎么都不是当日的味道了。这时就特别想念月余前在凌云拥着炉火吃茶的劲儿，暖暖的：烧着炭火的老铁炉，咕嘟着一壶红茶，煮茶的姑娘白净得像画里的人儿。我们刚上得茶山，单衣薄裤，早已被山风吹得狼狈，那样一炉茶，还魂草一般，大家立马都回过神儿来了。顾不得烫，几口茶下肚，才想起问煮茶的妹子，刚才喝下的是什么茶。"白毫茶，外面满山都是的呢。"姑娘答道，在炉边来回穿梭，添满空了又空的茶杯。我其实是不怎么懂茶的，坐在我旁边的金老师倒是行家，车上已经说了一路她家的珍藏。只是有一点相同，金老师和我都是"重口味"，一次次要求人家把茶煮得酽些再酽些，姑娘自是应允，又丢进去一小块儿茶饼，不多会儿，周遭就都是裹着香的亮红的茶汤了。围炉而坐，只是品着，偶尔几声鸟鸣传来，真是山间一晃，人间几日，连我这不知惜茶之人，都贪恋得不知时日了。

◎ 茶仙亭-向志文 摄

白毫茶产在了一个好地方——凌云，舌尖一扬，心都跟着飘上了云端。凌云产茶早有历史，民间有谚语说道，"高山云雾出好茶"。相传当年茶圣陆羽往西南边陲，沿茶马古道悠悠而行，听闻大山深处凌云境内盛产白毫茶，甚是神奇，有板栗甜香，采而饮之，无不神清气爽。陆翁闻之，情绪激昂，遂赶至凌云。一茶楼主人煮茶亲奉，茶香甘醇，令其欢颜，陆翁遂将所学尽心传授，当地人还在先锋岭建起茶圣传艺亭作为纪念。这事儿有几分真假

实在不好说，但白毫茶确是名副其实，那天喝完了，茶客们都嚷嚷着买了几包随身带着。不过后来发现，好茶还得要水源洞的活水，也罢，北方的水质的确是辜负了远道而来的好茶，大概也只有在那千载悠悠的小城里，才能有那般醇厚的茶香吧。

那城是被山环抱着的，或者说山就是城的一部分，我们住的地方不远处就是高山，下午不到六点，月亮就挂在了山尖儿上，左右摇晃引得你看啊看啊，舍不得望向别处。街上走过的行人大多偏瘦，是广西当地人常见的样子，不紧不慢，好奇地打量着我们这些外乡人。几岁的娃娃就在当街乱跑，嬉笑打闹，后边相跟的大人操着听不懂的方言说着什么，就那么闲逛闲说，不在意时间的长短，也不怕突然驶来的汽车碰了娃娃。他们走得安定闲散，阡陌交通，鸡犬相闻，是小时候住在一条街上的人见面就问"吃了吗"的样子。堆满豆米的粮油店，热闹嘈杂的小馆子，一边剃头一边聊天的理发师傅，火红暖黄的菜摊子，你一言我一语的，从街这头传到那头，没几分钟工夫，七七八八的家长里短就被这街上的行人听说了，然后在各家各户煮五花肉、炒青菜的香气里，所有人就

都知道了来龙去脉，再一盏茶的工夫，那事儿可能又传了回来，最先说的人都要当新鲜事听了。

穿城而过的河是泗水河，想必听多了街上的传说，有了河，整个城就有了灵气。有天我们几个人结伴去河边溜达，雨就那么来了，还下得密实。我这个北方人像棵仙人掌一般烦躁得无处可逃，那会儿只想有片瓦遮雨，哪管得了什么小桥流水人家。倏忽地，有人喊了声"到了"，雨忽然停了，还是有"滴答""滴答"的声响，收伞抬头，才发现是来到了洞里，这便是当地人告诉我们一定要去探访的水源洞了。水源洞是一个古老的岩溶洞，许多文人墨客在这洞壁上刻下诗词，代代相传，水源洞石刻就成了真的景致。最高处的"第一洞天"几个字，据说是乾隆年间左江观察使王懿德题写的，越往里走，石刻多得目不暇接，岩洞，流水，石刻，互相造就，诉说着一段段绵延千古的故事。水源洞的水是活水，是从洞口那株千年老榕树下的泉眼里流淌出来的，水可以直接捧起来喝，甜津津，凉丝丝的，我惦念的，还是带上一瓶回去，煮开了泡茶喝，要知道，凡事刚入门者总是瘾头最大的，

才得了新鲜和好处，自是不肯随便断了。也还就真有好心人送我一个瓶子，自然是乐呵呵装了水带回去，做一会儿南水北上的美梦，听一宿蓝靛瑶的故事去了。

再回到北方，干燥凛冽的风里，常会不由得怀念那茶，再是那水、那人、那山和那月亮。也就总是会恍惚，真的有那样一个叫凌云的地方吗？我真的涉足过吗？那个地方真的在人间而不是在云端吗……

【作者简介】李晓晨，《文艺报》记者，散文家。

凌云的茶香似故乡

马中才

　　我们这一代人小时候用过搪瓷杯子吧？我的童年在广西乡下的一个小砖厂里度过，寒暑假经常去砖窑里搬砖。印象最深的是在窑门口，青砖搭起的小堆堆上，蹲着一个尖嘴大茶壶。壶里泡着浓浓的茶水，弯起的壶嘴上挂着一个大大的搪瓷口缸，我们习惯叫作"口盅"。口盅表层的瓷釉因为磕磕碰碰掉了三五块，漏出搪瓷结实的心。搬砖的人累了渴了，取下口盅，从尖嘴茶壶里倒入一大盅茶水，咕噜咕噜地喝个精光，再长长地嘘一口气，满足地舔舔嘴，又把口盅挂到壶嘴上，继续干活……

　　尤其是我妈，她是喝得最大口的那一个，声音也颇有节奏感，咕隆……咕隆咕隆……我爸说我妈喝茶跟唱歌似的。我想这就是那种酣畅淋漓的劳动所带来的特有的生活情趣吧。或者仅仅是我爸对我妈的鼓励。

◎ 茶山晨韵-黄仲松 摄

◎ 百花村庄—黄仲松 摄

不管怎样，那壶茶确实是一种美好的回忆。我就是从那时候开始，爱上喝茶的。

多年以后，较之大学校园里篮球场旁边那个小卖部里的冰镇可乐，我更钟情于童年时代窑门口那个搪瓷口盅里浓浓地冒着热气的茶水。

我也试图喝过咖啡。2016年那个长达40天的美国西部自驾之旅，一路上各式各样的咖啡喝下来，有拿铁，有摩卡，还有卡布奇诺等，我误以为自己爱上了咖啡。

回国之后，煞有介事地买个巨大的咖啡机，结果一斤咖啡豆都没有喝完，我已经把它遗忘在办公室的角落了。

是因为我又可以喝茶了。

应该说喝茶的习惯，种植在我的身体里已经很久了。我童年所在的小镇坐落在广西百色市西林县接近云南的小山区，那里的高山常年云雾缭绕，盛产白毫茶。乡亲们自产自销的茶叶普及得跟田里的稻穗一样，随手可得。

那时的茶叶没有华丽的包装，也用不上精美的泡茶容器。父亲常常用一个印着大红花的铁皮月饼盒装着散装的茶叶，随手抓起一把，丢到烧开的大铁壶里，一股茶香就从家里飘到砖窑。从小喝惯了极好的茶叶的我，对那些天价的普洱、龙井、大红袍没什么感觉。直到我来到凌云——那是百色的另一个县城，从西林一直往东走，大概三百千米的地方。

我在凌云的茶山上，见那些采茶的姑娘背着竹子编制的小背篓，从山顶把那些嫩得发黄的茶尖背下山来，往茶坊的大竹篮里一倒，还来不及摊开，一股鲜嫩的清香就四处溢开。抓起一把茶叶，还能清晰地看到叶片背面那些细腻的小绒毛，白色的，毛茸茸的，生机勃勃，在太阳下闪着银色的光，宛如婴儿初生的小汗毛。这就是白毫茶所特有的了，尤其上面挂着雾滴的时候，特别漂亮，晶莹剔透。这样的茶叶泡出的茶来，能不好喝吗？

凌云被冠以"中国名茶之乡"，要不是亲自来到凌云，我对这些美誉的称呼总是将信将疑。凌云正如她的名字一样，群山环绕，云雾缥缈，仿佛通往仙境的阶梯，得天独厚的地理环境让她置身世外，

远离现代都市的尘埃，茶叶成了这里的仙草，应景而生，自带灵气，同时又赋予了质朴的凌云人脉脉温情。凌云出好茶，就像贵州出好酒，这些都是上帝赋予的偏爱吧。

怎么说呢，凌云这个地方呀，要是没有茶叶，你会觉得暴珍天物。

我曾经对故乡的白毫茶发扬光大抱有很大的梦想，而此时此刻，来到凌云，来到浪伏小镇，我突然觉得：我的梦想得以实现了——凌云的茶和故乡的茶是一脉相承的呀。

我们的大部分饮食习惯从小就在潜意识里形成了。我到现在还保留着用大大的搪瓷口盅泡上一杯浓茶的习惯，回到家里第一件事，就是拿起餐桌上的口盅一饮为快。

小时候从来不会觉得茶叶会成为一种馈赠他人的礼物，现在人们倡导健康生活，喝茶成了一种良好的生活方式，好的茶叶逐渐受到人们的喜爱。

我自己从来没有想过会爱上喝茶，就像一个从小吃米饭长大的人，不知道自己胃里真实的渴求。不知道你们有没有过这样的体验，南方人去到北方，长期吃面食总觉得吃不饱，不吃上一碗米饭或者米

◎ 茶道–肖发凌　摄

粉，感觉不接地气，胃就不听使唤地发出不满足的信号。

对于我来说，茶叶是这个世界上多么奇特的存在，在我的记忆里，要是窑门口的大铁壶里是一壶白开水的话，搬砖的人肯定没有那么大的力气吧。茶叶有时候充当着催化剂的作用。

南方人爱茶，每家每户都有茶桌茶台，办公室里也常备好茶招待客人。平日里大家谈工作，谈生意，促进感情，常常从喝茶开始，从泡茶的容器到茶台的工艺，从茶叶的品种到茶桌的材质，有一搭没一搭地聊着，以喝茶会客的形式调节气氛，拉近主客的距离。我这人一旦喝起茶来就有些贪杯，品了一口又品一口，泡了一杯又泡一杯，喝着喝着，不知道我们到底要谈什么正事了，仿佛我们都成了客人，茶成了主人，醉了茶就像醉了酒一样……

喝茶对我来说，不是一种文艺，而是一种日常生活。我也品不出茶的产地和品种，但我知道茶的好坏呀，喝到对的茶便如遇到知己，回到故乡。

其实呀，我家餐桌上那个大大的搪瓷口盅，不只我一个人在喝，我妈也经常会端起那个口盅喝上一大口。

我想，这些都是当年在窑门口搬砖留下来的习惯吧，那种大口喝茶的习惯，那种看到搪瓷口盅不管渴不渴，都要喝上一口的习惯。

我常常想起我爸说我妈喝茶的声音就像唱歌一样。即便如此，我妈现在的歌声也不太连贯了。她一口已经喝不完一大盅茶了。

有一天我妈跳完广场舞回来，一口气喝了小半盅茶，突然眼睛一亮，问我：西林的亲戚给你寄茶叶了吧？

我想了想，没有啊。

这茶叶是哪里来的？

说着她又喝了一口。这一次并没有发出所谓的歌声，但我从她的脸上，看到了从前的日子才有的满足。

我没有告诉她这是凌云的茶。我打算有机会带她去凌云。

【作者简介】马中才，自由撰稿人，中国作家协会会员，新概念作文大赛一等奖获得者，鲁迅文学院青年作家班学员，"螺蛳粉先生"创始人。已出版小说《黄了青梅》《我的秀秀姐》《且让我忧伤》等8部作品。

© 夏日茶山–肖发凌 摄

梦中的茶园

张亮华

茶韵-肖发凌 摄

5月18日下午，我随众多文化名家一起走进了凌云浪伏小镇茶园。看着漫山一排排的茶树，让我想起了小时候家里的茶园。

上一次走进茶园摘茶，是1999年，那时我正在上小学五年级。

我生在农村，家里并不宽裕，而我却从小好吃零食。我记得那时的零食还只卖一毛钱、两毛钱，贵的也不过五毛钱。

我是在乡里的一个联合小学读的五年级，那时的教室后面都有个杂物间，一般用于堆放扫把、簸箕等物品。我们班的班主任是个具有商业头脑的中年女人，她把那个小小的杂物间，变成了她的小卖部，除了卖纸笔文具盒这些学习用品，更多的是各种各样的零食。全班五十多个学生，一到下课，总有那么几个会到她的小卖部光顾光顾。

她最精明的地方莫过于允许学生赊账，作为这个班的班主任，她从不怕她的学生会赖账，她的一本记账本上，详细地记着每个赊账的学生购买了什么，欠了多少钱。

那本记账本上，我的名字是出现最多的。那时家里并不是每天都会给零花钱，给得多的时候也不过五毛或一块。教室里有这么个小卖部，我根本抵不住诱惑，我成了小卖部的常客。家里给的钱用完了，我就去赊账，先赊个几毛钱，隔天问家里要了零花钱再来还账。于是小学五年级的我，有相当长的一段时间过起了"日光族"的生活，甚至还背着一笔债。

有一次，我在小卖部看上了一个新的文具盒，赊了三块钱把它买了下来，那时我竟丝毫没有觉得三块钱对我来说，已是一笔巨款。我没能问家里要到这三块钱还账，我去找班主任退货，被班主任严厉地批评了，卖出去了，已经使用过了，怎么能够退货呢？

班主任的这顿批评，让我对她产生了深深的"厌恶"，我决定在她那里赊更多的账。从三块变成五块，最终变成了十块。很明显，除非我突然发一笔财，否则我已经不可能还上这笔钱了。

又是一周过去，周末在家的时候，奶奶问我要不要跟她去茶园摘茶叶。我问为什么要去摘茶叶，奶奶说，今天开始茶厂收茶叶，今天收一块钱一斤。听到这一块钱一斤的时候，我脑子里立马蹦出来的是我欠着的那十块钱。我毫不犹豫地提着个纤维袋，跟着奶奶到了茶园。

那时，几乎每家每户都有茶园，跟浪伏小镇的茶树一样，也是一排排整整齐齐的。茶叶是每户人家的主要经济来源之一，春天茶厂收茶叶的时候，各个山坡上都是摘茶的村民。背上一个背篓，带上两个纤维袋，一条扁担，提上一壶茶，一摘就是一上午。等摘到装满两个纤维袋，用绳子捆好袋口，拿扁担挑着送到茶厂。头茶一般收一块钱一斤，第二天开始每天降一毛，降到最低五分钱一斤的时候，就不再降了。

村里的茶厂做的是比较低端的茶，对采摘的茶叶没有什么要求。一般村民在茶园摘茶叶，都是从第一排第一棵茶树开始，摘到这棵茶树上几乎没有什么嫩叶，才会换到下一棵茶树。

奶奶也是这般摘茶的，然而对于当时的我来说，要我一直在一棵茶树旁摘茶叶本就困难，更何况我心里还惦记着欠着的那十块钱。我只想，我得赶紧摘够十斤茶叶。我在茶园里窜来窜去，专门找长得最好的茶树，找到一棵，就把顶上最好的茶叶几把拔了，根本不管有没有摘光。

把整个茶园跑了一遍后，我提着小半袋茶叶，拿去还在第一排的奶奶那儿问说，这里够不够十斤茶叶，奶奶说，肯定不够。我很快又在茶园里跑了一轮，看着圆鼓鼓的纤维袋，我感觉差不多了，又去问奶奶够不够十斤茶了。奶奶提了提我的纤维袋说，还少了点，我只好再一次窜回茶园。

经过两轮的筛选，好的茶树基本已经被我摘完了，这回我的耐心已经明显不足了，摘到纤维袋基本塞满，我又提回奶奶那儿了。我说，这回应该够了，袋子都装不下了。奶奶说，怎么不能装。奶奶把手放进纤维袋，在茶叶上用力一压，茶叶矮下去了一大截。奶奶说，你看，还能装好多呢。我问奶奶，那这里够十斤了吗？奶奶说，够了，但是还能装。我把奶奶的背篓拿过来，把奶奶摘的茶叶倒进我的纤维

◎ 祭茶仪式−向志文 摄

◎ 水墨茶山－杨颖 摄

袋里，我说，这下又装满了。奶奶看着我笑笑，继续摘她的茶叶。

我绑好袋子，跟奶奶说，我去卖茶叶啦。奶奶说，你自己小心点。我提着袋子，一边走一边说，你那样摘茶叶哪有我这样摘快，你看我这么快就一袋子，都可以拿去卖了。奶奶说，要都跟你这样摘茶，那就别想赚钱了。

我把茶叶提到了茶厂，见到已经有人在卖茶叶了。他们一般都是起早去摘茶，太阳没那么晒，但是也有不好的地方。茶叶称完后，要抛除几斤水，因为早上的茶叶上往往是沾满了露水的。抛几斤水全凭感觉，在抛水这件事情上村民时常会发生争执。

我把茶叶提到称上，称茶的大叔报，十五斤。报完，大叔解开袋子，把手伸到袋子底下抓了一把茶叶起来看了看，又报说，抛两斤水，十三斤茶。

十三斤茶已经足够我还班主任的钱了，还完还有结余的。我领了钱就跑去村里的小卖部先买了根冰棍。

上学后，我拿着十块钱还给班主任，看着班主任在她的记账本上画掉我的名字，心里特别高兴。这是茶叶带给我的第一桶金。

虽然之后还去茶园摘过几次茶叶，但都没什么印象了。后来，村里的茶厂倒闭了，村民也都不摘茶叶卖了，个别人家每年春天会去摘几斤新茶，自己加工了自己泡来喝。

这些年回家，去给爷爷奶奶上坟的时候，路过以前的茶园，曾经的那番景象早已不在，只有在竹子、杉树下半人多高的杂草中仔细辨认，才能找出几棵茶树。

走在凌云浪伏小镇的茶园里，端上一杯红茶，在长廊上坐下，看着脚下、远方的茶树，心中无比的惬意，却又夹杂着一丝悲凉。

靠在长廊的柱子上，我好像做了一个梦，梦见故乡的茶园又在我的眼前，有个调皮好吃的少年，在茶园窜来窜去……

【作者简介】张亮华，文学硕士，广西民族大学文学影视创作中心秘书。

凌云色调

潘江忠

一

上苍厚爱凌云，赋予凌云绿的色调。

凌云绿的色调洗尽铅华，历尽沧桑。

凌云绿的色调是从先秦时代开始浸染的。

感受凌云绿的色调，最好从水源洞开始。

点燃一瓣心香，我用轻缓的步履与水源洞亲密接触，用目光抚摸洞内每处题字背后的故事，用耳朵感触每股清流弹奏的旋律。

楼以诗胜，景以文名。水源洞里的题字，字迹刚柔并济，文笔优美华丽，含义深刻隽永，谁看谁都赞不绝口。洞口源源不断流出清冽甘甜的泉水，洞内则储藏着数不胜数迷人的故事。从水源洞潺潺流出的清冽河水作为珠江源头，润泽万顷良田，泽被两广子民。

◎ 雨后彩虹-熊桂余 摄

二

我完全是被一种叫作包容的精神和一种叫作独特的美景俘虏到浩坤湖的，顾名思义，来到湖边，我立马想起两个成语：浩渺烟波，乾坤朗朗。湖现群山中，山在水中央，坝藏深洞里，浩坤湖与众不同的景观令人迷恋。路边的树，地里的庄稼，崖上的草，湖里的水，一切都是绿色的。

山有山的别致，水有水的灵性。浩坤湖的山水，似寥寥数笔，草草挥就的字画，但细细观摩则可看出那笔画粗细那墨色浓淡那层次深浅极有章法，令人叹为观止。湖里游鱼来回穿梭，湖面游客谈笑甚欢。湖面碧绿，水波荡漾，湖水绿得凝重绿得深邃绿得丰盈。

三

有一种荣耀是凌云创造的也是专属凌云的：中国名茶之乡，全国重点产茶县。我带着崇敬的心情，我以匍匐的姿势触摸凌云白毫茶的前生今世，当目光触及这些文字与数据时便生发出耀人的光芒：凌云现有茶园面积0.747万公顷，其中无公害茶园面积0.41万公顷、有机茶面积0.10万公顷，通过有机转换认证茶园面积0.0446

◎ 高山汉族服饰-向志文 摄

万公顷，茶叶种植面积、人均产茶量居广
西第一；有茶叶加工企业99家，规模以
上企业5家、茶叶专业合作社15家，已成
功开发出绿、红、青、白、黄、黑六大
茶类的20多个系列产品，全县8个乡镇有
11260户50428人涉及种茶、制茶、售茶
等工种，茶叶已经成为当地农民增收致富
的支柱产业。2008年该县入选首届"中
国名茶之乡"，2009年被中国茶叶流通
协会评为"全国重点产茶县"，2015年7

○ 壮族服饰–肖发凌 摄

月成功创建广西壮族自治区出口食品农产品（茶叶）安全示范区。仅2015年凌云1—9月干茶产值近3亿元。

听说，在凌云沙里瑶族乡浪伏村有近20公顷老茶树。

在大山褶皱深处，我拜访一位老茶农，在他的引领下，我见到了已有300年历史的老茶树。老人站立在茶树面前如数家珍般向我介绍这古茶树的历史，与其说老人在介绍茶树的情况，不如说他是在介绍茶树的编年史。

说这老茶树是摇钱树一点也不假，据说，就是从那些有上百年历史的老茶树上采摘下来的茶叶，500克干品曾卖出21.8万元的天价，一片片茶叶简直是一张张钞票！

错落有致，分布在土坡上茶园里的绿色叶片在交头接耳，说些只有茶农才能听懂的细语。一畦畦茶树像凌云少数民族服饰那样条块分明，美到极致。微风吹过，猎猎作响，宛如茶农手指润了口水清点钞票发出的美妙动人的响声，辛苦劳作的茶农全被这响声陶醉了。采茶姑娘纤细的手指采摘绿色的茶叶，仿佛弹奏一架绿色钢琴，美妙的旋律在一望无垠的绿色茶山缓缓流淌，仿佛无数绿色音符在山冈上跳跃。

看采茶姑娘采茶是一种享受，观茶农翻炒茶叶也是一种享受。登山时恰逢下着毛毛细雨，在茶山，我读到了一副对仗工整、让我回味无穷的对联的真味：风来满岭尽飘香，雨过千丛争滴翠。

茶人得茶寿，茶字结构，草头代表二十，下面八和十即八十，一撇一捺又是一个八字，加起来正好108。凌云是中国长寿养生基地，有中国长寿之乡的美名，长寿老人众多，我想是经常喝茶的缘故吧，所以要长寿，去凌云！

◎ 瑶家婚礼－黄仲松 摄

◎ 背陇瑶服饰–向志文 摄

　　我们在茶山上围炉品茶，品茶所在长廊边上围绕几丛翠竹，绿意盎然。茶叶互相搂抱，在杯中狂跳探戈，茶香不甘示弱，纷纷缠绵着涌在杯口跳长袖舞，面前火炉里忽高忽低的火焰宛如一只只红色的舌头正舔撩着我的食欲，我任由扑鼻的茶香肆无忌惮地侵袭我的神经并从中获取难以言喻的快感。我尽情享受着那妙不可言的惬意，呷一口茶，便唇齿留香，沁人心

脾，让人为之陶醉，陡然想起曾有名人名言：好茶胜似酒，多饮也醉人。

　　好山好水出好茶。专程出席"文化名人凌云行"活动的著名作家刘醒龙先生技高一筹，他挥毫泼墨，在茶山上找到了凌云白毫茶的真谛：茶香可掬。此时此刻，如此妙语形容那氛围，妥帖逼真，恰如其分，文人的墨香使茶香更加浓郁诱人。于是，我更惊讶于这一片片朴实无华的树叶

竟能浸泡出如此浓重的文化味道。

四

月夜，我站立在泗水河边，匠心巨制的大茶壶是凌云独特的景观，宛如一位仙风道骨的老人站立在泗水河边向慕名而来的游人诉说这座古州府沧桑巨变。我边拜读那一首首镌刻在河岸栏杆对仗工整、诗意绵长、描绘凌云赞美凌云的古体诗，边凝视河面，那条四季长流的河水蜿蜒不止，极像一条绿色飘带沿着这山脚缠绕而去。淙淙流逝的泗水河，仿佛在诉说凌云动听的故事，更像在弹拨着凌云催人奋进的乐章。

夜已深，四周静谧，凌云安睡，虫鸣声，鸟叫声，溪流声，啜茶声不绝于耳，凌云安睡了，而安然入睡的凌云是为了养精蓄锐，萌生梦想。

凌云绿的色调浓重地涂抹在我记忆深处，并让我生发出长长久久的思念。

从凌云归来，我做了一个奇异的梦：

凌云县城边上矗立的五指山幻化成一只巨手，稳稳地拿起那把有着独特象征意义的大茶壶，给络绎不绝、慕名造访的游客倒上热气腾腾的茶水，汩汩流出的茶水香气四溢，于是香满县城，弥漫整个世界。

我钦羡文友闭祖宝出口成章的文才，他是这样形容凌云绿的色调的：

> 万亩茶山披绿装，
> 四季游人齐咏叹。
> 是谁引来这绿景，
> 盛名茶乡在此间！
> 极目遥望水云间，
> 山城古府皆青山。
> 满眼泛绿覆山峦，
> 寿乡凌云空气鲜。

上苍厚爱凌云，赋予凌云绿的色调。作为匆匆过客，就是搜肠刮肚，绞尽脑汁，我也无法用手中的那支秃笔写完写好凌云绿的色调。

【作者简介】潘江忠，《右江日报》总编，作家。

第二章　云城寄情

◎ 浩坤春至-黄鑫 摄

凌云行思

石一宁

  仲秋九月的凌云，乍阴乍晴，乍风乍雨。

  来到广场时，正下着雨。访客都打着雨伞。绵绵雨中，只见广场上高耸着一尊铜制的孙中山立像。再前行十来米，是一座中西合璧的砖木瓦结构建筑，正中拱门上白底黑色书写的"中山纪念堂"五个大字，碑体，遒劲、凝重。

  凌云中山纪念堂，坐东朝西，正面是三个牌坊式拱门，拱门之间各有一根竹子形立柱，两侧门上墙体各有三个穿接一起的红色菱形图案。中间拱门堂名的上方，是三角形的屋顶，屋顶两侧各嵌一只"佛手"装饰物，"佛手"呈粉红色，颇为醒目。拱门上部两侧墙体，以壮锦图案绘饰。此纪念堂的建筑风格，"竹子""佛手"，菱形与壮锦图案，都有讲究，象征着孙中山一生秉持之精神，追求之理想，展现之气节；壮乡人对孙中山之景仰，对中山先生在天之灵护佑物阜民安之祈愿。

凌云，四支河流纵横县城，古称泗城。宋皇祐五年（1053年）置泗城府，清乾隆五年（1740年）置凌云县，为汉、壮、瑶等民族聚居地，多半人口为少数民族。揆诸孙中山之生平，生前并未踏足凌云，何以在凌云得享此隆祀？

在纪念堂内瞻仰，听东道主介绍，得知此为凌云先贤王彭年先生之倡设。王彭年，壮族，早年入学广西政法学堂，参加辛亥革命，曾任凌云县第一届议事会长、广西临时议会第一届议员。1913年，为讨袁护法，孙中山在广州成立护法军政府，王彭年任军政府内政部次长。1921年，王彭年回凌云任知县；1925年，任凌云县县长。而这一年，3月12日，孙中山病逝于北京东城铁狮子胡同5号行辕，终年59岁。临终前，他说的最后一句话是："和平、奋斗、救中国。"孙中山留下三个遗嘱。其中《国事遗嘱》云："余致力

国民革命凡四十年，其目的在求中国之自由平等。积四十年之经验，深知欲达到此目的，必须唤起民众及联合世界上以平等待我之民族，共同奋斗。现在革命尚未成功，凡我同志，务须依照余所著《建国方略》《建国大纲》《三民主义》及《第一次全国代表大会宣言》，继续努力，以求贯彻。最近主张开国民会议及废除不平等条约，尤须于最短期间，促其实现。"在给家人留下的遗嘱中，孙中山说："余因尽瘁国事，不治家产。其所遗之书籍、衣物、住宅等，一切均付吾妻宋庆龄，以为纪念。余之儿女，已长成，能自立，望各自爱，以继余志。"辛亥革命的胜利，奠定了孙中山伟大革命先行者的历史地位。孙中山逝世后，民国政府号召有条件的地方建立中山纪念堂。凌云县县长王彭年，追慕伟人，起而响应并发动县人捐助。1938年，凌云中山纪念堂在原广西泗城府土司衙署后花园破土而立，成为广西第二、百色唯一的一座中山纪念堂。"中山纪念堂"五字为王彭年所写。

"革命尚未成功，同志仍须努力。"展厅正面墙上的孙中山彩色画像和画像两边的这副名联，展厅四面近百幅孙中山在

◎ 中山纪念堂–肖发凌 摄

◎ 中山纪念堂展厅–向志文 摄

各个时期的照片，令我遐思凝想。我想到广西也是全国的第一座中山纪念堂——梧州中山纪念堂。梧州的纪念堂是在时任西江善后督办、梧州善后处处长李济深的倡议下，于1930年10月建成的。梧州之所以抢风气之先，是孙中山为了北伐曾三次驻节梧州。我想到孙中山与广西之缘，想到广西各族仁人志士对辛亥革命的贡献。1907年3月孙中山在河内建立军事指挥机关，以越南为基地组织、发动了6次反清武装起义。这6次起义中，3次是在广西边境地区发动。这些起义虽然失败了，但为武昌起义的胜利积累了经验。友人、广西作家任君的长篇小说《铁血祭》即复活了曾参加过广西境内这几次起义的李德山、陆亚发、褚大等广西籍革命志士的形象，这些革命志士处身于延续了几千年的专制政体营造的如磐风雨和沉沉黑暗之中，不是嗫嚅趑趄，唯唯诺诺，甘做朝廷鹰犬或皇土顺民，而是为了做人的自由与尊严、为了再造一个新中国奋起搏击，以生命为代价撕开无边的黑暗天幕之一角，为夜色茫茫的中国大地引入一线黎明的曙光。

"危难无所顾，威力无所畏。"在中国历史重大的转折关头，广西人民做出了正确选择。这也是孙中山对广西情有独钟之原因。1921年10月15日，孙中山自广州"天字码头"乘"宝璧号"舰前往梧州，开始了取道广西督师北伐的历程。孙中山自10月17日抵达梧州，至1922年4月19日因改道赣南北伐而从梧州返回广州，在广西驻节了整整半年时间。在此半年间，孙中山还涉足南宁、昭平、平乐、阳朔、桂林等地，接见地方官员，会见各界人士，发表宣传演讲。10月17日刚到梧州，便委托胡汉民在欢迎会上代为宣读训词。孙中山希望广西"人人有民治之思想，出而负责，出而力行，务须达到毋求他人扶助地步，真正民治之精神，方能贯注"。在南宁演讲时，孙中山说：广西向称贫瘠，而"所谓贫瘠者，非真贫瘠。特人事未到耳"。广西同胞"不可放弃主人翁之资格""当共同负兴发广西利源之责任""以求公共幸福"，并说："广西需大借外债，以筑铁路、开矿山、树农场、兴工厂。此种种事业，皆获利之事业。倘能切实声明，用于兴利之途，则外人必乐为投资。惟只可利用其资本人才，而主权万不可授之于外人。"孙中山在后来撰写的《实业计划》一书中，对全国的港口、铁路和内河航道建设等所拟的规划，有不少内容是关于广西的。如在港口建设方面，孙中山提出在我国沿海地区要建设3个头等港即世界大港，4个二等港，9个三等港，15个渔业港。孙中山把广西的钦州港列为全国规划建设的4个二等港之一，认为钦州乃中国海岸之最南端，对于包括广西和云贵川在内的西南腹地而言，"直接输出入贸易，仍以钦州为最省俭之积载地也"。

沿着纪念堂的回廊走到堂后，见一方荷池。荷池被青松绿柳环抱。池心有一亭，名曰听荷亭。雨下得大了起来，密集的雨点击打在池水里，击打在荷叶上。仲秋的荷叶，有的仍翠青，大半已枯残。回廊有一石板桥通往听荷亭。亭里有几位访客，或坐或立，或静默或交谈。"竹坞无尘水槛清，相思迢递隔重城。秋阴不散霜飞晚，留得枯荷听雨声。"李商隐的诗句油然浮现脑海。在荷亭旁听雨声，令人思念已远去而宛在的伊人。真正的伟人总是受到人民的真心爱戴。我想起2005年在巴黎访问安放着伏尔泰、卢梭、雨果等72位法兰西巨人肉体和灵魂的先贤祠，看到正门多根巨大的圆柱托举着的屋顶下一行刻写的法文："祖国感谢伟人们"，当时心中热流涌动……我想起母校中山大学。1924年，孙中山创立国立广东大学，并亲笔题写校训："博学、审问、慎思、明辨、笃行"。1926年，广东大学改名为国立中山大学。中山大学广州康乐园校园，至今矗立着一座孙中山铜像，那是孙中山的日本友人梅屋庄吉在1932年赠送给中国的4具孙中山塑像之一，按照孙中山的身高1∶1复制。游览康乐园，孙中山铜像是必定瞻仰的。中大学子毕业留影，亦多选在孙中山铜像前定格。1923年，孙中山在岭南大学怀士堂（今中山大学康乐园内）对学生发表演讲时说："我劝诸君立志，是要做大事，不可要做大官。"孙中山还说，岭南大学之内，四围有花草树木的风景，洋房马路的建筑，这种繁华文明的气象，比校外的荒野景象，真是天壤之别呀。我们中国人现在每日至少有三万万人朝不保夕，愁了早餐愁晚餐，所以中国是世界上最穷弱的国家。大家想到国民同胞的痛苦，应该有一种恻隐怜爱之心。应该人人立志，担负救贫救弱的责任，去超度同胞。如果大家都有这种志愿，将来的中国，便可转弱为强，化贫为富……"立志

◎ 冬日茶山-祝明贵　摄

要做大事，不可要做大官"这段话，至今镌刻于怀士堂，激励着中大的莘莘学子。

"尚余遗业艰难甚，谁与斯人慷慨同。"这是孙中山1907年悼挽第一个为革命牺牲的中国同盟会烈士刘道一的诗句，亦可视为孙中山在那段风云急遽变幻的历史时期艰困情境的自白。辛亥革命并未终结中国的苦难和黑暗。然而，孙中山推翻了清朝的统治，结束了中国两千多年的封建帝制，建立了中华民国和临时革命政府，并制定了《中华民国临时约法》。孙中山领导的辛亥革命推翻帝制，缔造共和，开启现代中国民主政治的伟大功绩，昭彰日月，彪炳千秋。

"凌云山水美如画。"岭南画派大师关山月游凌云时发出如此感叹。而凌云中山纪念堂，召唤的是一种历史记忆和人文沉思，它比美丽的风景更让人深深地记住僻处云贵高原余脉山区的这方水土。

【作者简介】石一宁，中国作家协会会员、编审。曾任《文艺报》副总编辑、中国大众文学学会副会长、北京评论家协会理事、世界华文文学联会理事。现任《民族文学》主编。著有文学研究专著《吴浊流：面对新语境》，散文集《湖神回来了》，传记文学《丰子恺与读书》《石一宁自选集》。传记文学《丰子恺与读书》作为"中国文化名人与读书丛书"之一获第十二届中国图书奖。

吃在凌云

黄佩华

◎ 瓜子豆腐-祝明贵 摄

何乡为乐土，凌云泗城府。

——录自民谣

对于一个外乡人来说，凌云永远是一个秘境，是一个被云烟雾雨遮蔽的地方。

这些年来，随着她的一层层神秘面纱被人们掀开，一个个深藏谜底被世人发现，凌云已然成为桂西北最为亮眼的明珠之一。

许多人都晓得，凌云有独特的自然风景。倚靠桂西第一高峰岑王老山，面朝一马平川的右江河谷；玉带般的布柳河和澄碧河自群山中蜿蜒而出，为红水河和右江注入了强大而清澈的水源；清流两岸，青山巍峨，翠竹葱茏，茶稻飘香；而浩坤湖和水源洞则像是大地之眼，一个幽蓝，一个深邃。凌云有迷人的人文风情，多民族聚居共生，形成了独特多彩的民族风情和地域文化，令众多外乡人流连忘返。凌云更有深厚的历史文化积淀，古风厚朴，傲视群雄，享誉八桂。

而现在，人们那种以传统眼光考察凌云的习惯，正在被一些新的热词所替代，这就是"长寿""养生""长寿之乡""美食""运动""徒步"等。因为这些新词语正在反映出凌云人新的生存状态，正在改变凌云人新的生活方式，也正在悄然改变凌云在人们眼中的形象。

作为像我这样一个普通吃客来说，欲要考察今天的凌云，想要探究这个新款"长寿之乡"的生命密码，最便捷的途径便是从其民间美食入手。有时候，美食对于我的吸引力甚至超越了山水，超越了风俗，超出了情调。

民以食为天，何况是美食！

和我一样，超级吃货作家马中才对凌云更是钟爱有加。他每次去到凌云都大言不惭地宣称，他每吃过一顿饭后都会有一种想打包的冲动。身为一名资深胖子，身为"螺蛳粉先生"品牌的老板，马中才对美食的热爱程度简直难以形容。在凌云的美食面前，每次他都吃得全神贯注，吃得不能自已，吃得似乎忘掉了一切。

◎ 秘制乳猪-李彩兰 摄

◎ 凌云民间小吃：马奕艮-罗南 摄

凌云的美食何以能够这般吸引我们这些外来食客？我想知道这其中的奥秘，也更想找到其中的答案。

相传，多年以前某公云游来到凌云。恰逢赶圩天，此公东游西荡，似在寻找什么心仪之物，于是他最终驻足在一个摊位跟前。他抬眼一看，见摊主是一个脸红扑扑的高山汉族女子，便指着一笼鸡和半篓鸡蛋跟她问价杀价。女子摸不透这个外地男人的来意，急忙介绍说，我们是山上农家

人，苞谷是棍（此处念guàn，当地方言，意为自己，下同）种的，菜是棍（guàn）栽的，鸡是棍（guàn）养的，蛋是棍（guàn）屙的。此公一听便乐了，意味深长地说，原来蛋也是棍（guàn）屙的啊，接着还连声说好。这虽说是一则笑话，但也说明一点，就是凌云的美食主要倚赖当地的食材，而当地的食材则主要产自当地乡土。这是一个当地特有的食物链。

众所周知，一个人生命延寿的因素和条件多种多样，生态环境是最重要的基本要素

◎ 扭角香－李彩兰 摄

之一。凌云人之所以拥有众多的长寿老人，能被称为长寿之乡，我个人认为，除了地理环境、生态人文这些因素，一个重要的原因便是饮食。

凌云有嘉木，此木便是凌云人的神茶树。一座座茶山，一垄垄茶树，一片片茶叶，一阵阵茶香，构成了凌云最为美丽最为动人的风景。凌云是茶的故乡。

中国人饮茶，据说始于神农时代，少说也有4700多年了。至于凌云人什么时候开始饮茶，我们不得而知，反正在凌云发现的古茶树，少说也有几百年历史了。在我的印象中，凌云的各族同胞早就有以茶代酒和以茶代礼的习俗了。

茶叶浑身都是宝。研究分析表明，茶叶中富含茶叶蛋白质和氨基酸、糖类、维生素、无机物、脂类以及芳香物质、茶叶多酚类、茶叶色素、茶叶嘌呤碱、茶叶多糖、茶氨酸和茶皂素。和凌云人喝茶时，你能从他们的嘴里知晓，喝茶是一件极其普通而又具科学内涵的活动。作为客人，你能从他们浓重的方言中获知，茶叶中的氨基酸种类多达25种以上，

其中有人体必需的 8 种氨基酸中的6种。茶叶中还含有人体
所需的大量元素和微量元素，大量元素主要是磷、钙、钾、
钠、镁、硫等；微量元素主要是铁、锰、锌、硒、铜、氟和
碘等。这些元素对人体的生理机能有着重要的作用。经常饮
茶，是获得这些矿物质元素的重要渠道之一。因此，要是你
能得到一盒上好的凌云茶，就等于得到了凌云的一座富矿。

在凌云民间，人们除了喝茶，还把茶叶和肉类做成各种
菜谱，比如茶香鸡、茶香鸭、茶香鱼、茶香羊、茶叶牛干
巴、茶叶蛋、茶叶汤、打油茶等。这些掺杂有茶成分的荤菜

◎ 六品榕树王-向志文 摄

素汤，口感特别，去脂留香。把茶叶和谷物制成糍粑、汤圆、油炸粑等食品，香醇可口。

在凌云的菜谱中，除了茶叶元素，还有山茶油、火麻、艾菜、山姜、竹笋、黄豆、饭豆、酸菜、地谷、玉米、山薯、八角、薄荷、瓜子，等等，可以说应有尽有。而一种令我等桂西北土著喜好的菜肴，其实在凌云早已具有颇高的知名度，这就是凌云土菜狗肉。

从名称上你就可以晓得，这是一种当地土狗或菜狗，并不是什么名犬贵狗，更不是什么宠物狗。和养鸡养鸭一样，这里的山里人家自古就有养牛养羊、养猪养狗的习惯。而饲养土狗一则为了看家护门，二则用于吃肉。与大多数桂西北地方不同，凌云人吃狗肉弄狗肉可以说是达到了境界的。

◎ 凌云狗肉-黄鑫 摄

◎ 凌云狗肉粉-劳秀玲 摄

很多年前，我有幸结识曾在凌云县文化馆工作的哥创，他就是一个弄狗肉的高手。每次吃狗肉，他必然带上香料，然后亲自到厨房指导厨师如何烹饪制作。经他一番指点，锅里的狗肉便会散发出异样的肉香。每当朋友们赞叹他的手艺时，他脸上便洋溢出得意之色，然后滔滔不绝地讲起了凌云流传千百年的狗肉经。听多了你便知道，凌云人吃狗是有多么的讲究，是有多么的文化。于是，不管你馋与不馋，来到凌云遇见这里特有的土菜狗肉，你都会忍不住要拿起筷子。如今，凌云土菜狗肉的经典做法大致有几种：黄焖狗、红烧狗、狗肉火锅、狗肉水锅、白切狗、酸菜狗、薄荷狗、紫苏狗、香椿狗等。

据史料记载，我国吃狗肉的历史由来已久。《礼记·王制》中的燕飨之礼："一献之礼既毕，皆坐而饮酒，以至于醉，其牲用狗……"《周礼·天官冢宰》以及《周礼·天官·食医》中皆载"豕宜稷，犬宜粱，雁宜麦"。而《礼记》中还记载，周代宫廷佳肴"八珍"中的"肝膋"，则是以狗肝为原料。秦汉时期吃狗肉风气极为普遍，张采亮《中国风俗史》中说，汉代人"喜食犬，故屠狗之事，豪杰亦为之"。唐人张守节《史记正义》亦云，"时人食狗亦与羊豕同，故啥专屠以卖之"。《礼记·月令》中有"孟秋之月……天子食麻与犬""仲秋之月……天子以犬尝麻，先荐寝庙"，说天子也只有在秋季祭祀时，才与群臣分享狗肉。古代的湖南长沙一带，有"冬狗伏羊"之说。而粤西及桂东南一带，则有"夏狗冬羊"一说。

不过，狗肉虽然美味，还是补品，但中医李时珍在《本草纲目》中也有提醒："九月勿食犬，伤神"。在凌云吃狗肉时，当地朋友人也会提醒你，吃了狗肉后不要马上喝茶，这样对肠胃不好。另外，要吃就吃正宗的凌云土狗菜狗，莫吃宠物狗。

凌云人为什么能长寿，肯定会有一些不为人知的秘密。但我始终相信，饮食作为生命的一个要素，吃什么有什么营养摄入，这应该是最为要紧的一环。因此，在此妄议凌云饮食，说说凌云民间菜谱，讲讲喝茶吃肉，其实也只是一个吃货的一点偏好而已。

【作者简介】黄佩华，广西民族大学驻校作家。出版小说集《南方女族》《远风俗》《逃匿》，广西当代作家丛书《黄佩华卷》，长篇传记《瓦氏夫人》，长篇小说《生生长流》《公务员》《杀牛坪》《河之上》，民族文化丛书《壮族》《彝风异俗》等。曾获第二届、第四届、第五届壮族文学奖，获第一届广西独秀文学奖；获第二届、第三届广西少数民族文学"花山奖"，获第四届、第五届广西壮族自治区政府文艺创作铜鼓奖，获第四届、第七届全国少数民族文学"骏马奖"。

漫不经心的凌云的慢

覃瑞强

◎ 水上山城-向志文 摄

　　如果你从城市来，仰头呼吸，是青草的味道，是鲜花的味道，是清泉的味道，是你久违的大自然的味道。这就是凌云。大自然以千百年前的洁净原貌，伫立，像是等候千百年后我们的到来。

　　这里居住着汉族、壮族、瑶族。你能从服饰的色彩里辨认出他们，从传统美食里辨认出他们，从节日习俗里辨认出他们，除此外，所有的笑容都是一样的，一样的温暖和单纯，似乎一切都是浑然天成，像是漫不经心、从容淡定的样子。

　　首先感受到凌云的慢。那样漫不经心的慢是城市所找不到的。凌云的慢，像家门前潺潺流过的小溪，千百年前是这么轻缓，千百年后仍然这么轻缓。

　　例如喝茶。

　　城里人把喝茶琢磨成一门艺术，可在凌云，这门茶艺术却被还原成最初的"吃

◎ 凌云红薯粉－米儒聪 摄

◎ 凌云牛心李－米儒聪 摄

茶"。一个"吃"字就把纷繁复杂的过程给生活化平民化了。茶从高不可及的云端那儿落下来，重新沾染上人间的气息。

凌云县是白毫茶原生地。种茶历史可追溯到上千年，清代时凌云白毫茶还曾被列为皇室贡品。正因为有这样悠久的种茶饮茶历史，茶便融入凌云人的日常生活中，成为不可缺少的一部分。

在凌云乡间，煮茶是一件顺手拈来的事，只须把晒干的茶叶抓一撮放在茶罐里，添上水，煮饭煮菜的时候顺便把茶罐放到红旺旺的柴火边煨。等饭菜煮好的时候，茶罐里的茶水也沸腾开了。想喝的时候就倒点在碗头，不想喝的时候就由着茶罐继续煨在火旁。长年累月的烟熏火燎，火旁的茶罐就变成了生活的颜色。

漫不经心地煮茶，漫不经心地吃茶。客人来的时候，让客人坐到火塘边，从碗橱里取来一个大海碗，从火旁提起茶罐，倒上满满一碗茶，慢慢吃，慢慢聊天。一切都显得那样漫不经心，仿佛时间就落在人们的身后，人们有多慢，时间就有多慢，一切都尽在掌握中，生活可以过得如此从容不迫。

又例如凌云狗肉粉。

凌云有许多特色美食。单挑凌云狗肉粉来举例是因为从狗肉粉里更能体会到凌云漫不经心的慢。

在凌云，慢的节奏足以让人睡上一个好觉，然后再慢悠悠地到大街上溜达，挑一家早餐店，坐下来，慢慢享受凌云狗肉粉。

粉不是简单的粉。凌云的粉是农家手工自制的。工艺从祖辈传下来，也不知经过多少年，手艺还在，味道还在。食客进入店内，制作过程就在你的眼底，圆的、扁的、宽的、窄的，现榨现蒸现切，随顾客所欲。

狗肉不是简单的狗肉。农家养的柴狗，茅草熏过的皮子，祖传秘制的配料，浓浓的汤汁。凌云人总会有足够的耐心，将两种工艺繁复的种类组合在一起，造就了独特味道的凌云狗肉粉。

仍然是漫不经心。店主漫不经心，食客也漫不经心。这时候，最好是有二两土茅台，一个人或几个人，慢慢喝，细细品，将最繁复的凌云狗肉粉吃出悠远的慢节奏来。

还有许多漫不经心的慢，在进入凌云之后，迎面扑来，就像穿城而过的泗水河，悠悠荡荡，不眠不休。

【作者简介】覃瑞强，广西文联第八届全委会委员、广西作家协会少数民族文学委员会副主任，现为《广西文学》主编。曾获广西出版行业首届"十佳中青年编辑""壮族文学奖编辑奖"等奖项。

◎ 春满人间-肖发凌 摄

凌云爱情故事

凡一平

如果有人请我写部电影剧本，我将把故事的发生地设在凌云。如果没人邀请，那么我也会主动去写，故事发生地仍然首选凌云。

我这么做只有一个理由，就是凌云是适宜产生爱情的地方。

这里有浩大深邃的湖泊，湖水清洌、甘甜。湖水的四周，是碧绿的茶山，四季飘香。湖光山色，再伟大的画家，也画不尽它的美；再天才的诗人，也吟唱不出它的风韵。

那么，我要写的故事，当然是关于爱情的。

故事的男女主人公，我姑且叫他陆保定，叫她蓝贞秀。在桂西的山村，这都是常见的姓氏和名字。他们的身世也极其普通。

但是他们的故事却很特别。

他们是怎么来到这里的？私奔。对，这个理由吸引人。

那是八十年前。男的二十岁，女的二十一岁。最初，他们生活在离凌云较远的地区，西林、天峨、都安，都可以。他们天天都想在一起，因为他们相爱。可是，彼此的家庭却容不下他们的爱情。容

不下的理由或许是女方家嫌贫爱富，而男方已有婚约。总之，他们想和美结合是不可能的事情。于是，他们决定私奔。

他们勇敢地冲出了牢笼，却盲目、胡乱地奔走。走了七七四十九天，或许更久。一路风餐露宿，衣衫褴褛。但是他们不知疲倦、永不停歇，因为他们拥有爱和自由。

有一天，他们正走着，一只斑斓的蝴蝶突然出现在面前。它翩翩飞舞，像一个美丽、传神的精灵。陆保定和蓝贞秀不由自主地被它吸引，跟着它走。反正前路茫茫，漫无目的，不如跟随这只蝴蝶，顺其自然。

蝴蝶飞往一座山。他们上了这座山。山上满是云雾。他们和树、花草、虫鸟，被云雾笼罩。

蝴蝶将他们带上山后，却不见了。它消失在云里雾里，将这对恋人抛弃。

山风习习，恐惧和寒意让这对恋人紧紧相拥。

不知过了多久，忽然云开雾散。他们在天上看见了彩虹，在天底下看见了湖泊，以及湖泊上飞翔的一行白鹭。他们也看清了身边和山上的树，那有着尖嫩的

叶子并散发清香的树，不正是茶树吗？蓝贞秀摘下了一把叶子，被陆保定接过来。翻动的茶叶被阳光烘烤、杀青，香气扑鼻，色泽迷人。这是他们生存的希望。还有那被群山环抱的湖泊，飞翔的白鹭，是他们天注定的家园。

于是他们依山傍水，定居了下来。

女人上山采茶，男人下湖捕鱼。他们生儿育女。儿女生儿育女。这是他们的生活。日复一日，年复一年，相互照顾、厮守，这是他们的命运。

他们整整相爱了八十年，现在还在相爱。

如今他们都已经上了一百岁了。

有这么长寿的伉俪吗？

还真有！

在凌云县下甲乡水陆村大陆屯六组，确实有一对百岁伉俪，丈夫叫朱芝荣，身份证45262819180120**19，妻子叫刘桂树，身份证45262819170218**24。夫妻双双过百，五代同堂，目前子孙后代有68人。

2018年5月18日，我亲自拜访了这两位老人。他们并肩而坐，耳聪目明、精神矍铄，如果没有身份证为证，没有他们栽种的古老的茶树为证，你很难相信他们已经上百岁。

问他们长寿的秘诀。老人微笑着答：我们从不吵架，也不和邻里吵架。

高度概括，就是和睦和仁慈。

是他们的真实存在给了我灵感。于是我打算编剧上述那样的一个爱情电影。对了，这电影得有个名字，暂时叫《蝴蝶飞》。因为男女主角必须感谢为他们引路的那只蝴蝶。导演是谁呢？男女主演又是谁？反正不是张艺谋，不是冯小刚，更不是姜文和王菲，因为他们的婚姻和爱情没有从一而终。他们不配。

我会想方设法让这部电影拍摄成功并且上映，因为有太多婚姻、生命脆弱的夫妻，渴望和期待有这样的爱情，以及寿命。

【作者简介】凡一平，本名樊一平，壮族，广西都安人。现任广西民族大学硕士研究生导师，八桂学者文学创作岗成员，第十二、十三届全国人大代表，广西作家协会副主席。出版了长篇小说《跪下》《顺口溜》《上岭村的谋杀》《天等山》《上岭村编年史》等七部，小说集《撒谎的村庄》等八部。曾获广西文艺创作铜鼓奖、广西青年文学独秀奖、百花文学奖、小说选刊双年奖等。长篇小说《上岭村的谋杀》翻译成瑞典文在瑞典出版。根据小说改编的影视作品有《寻枪》《理发师》《跪下》《最后的子弹》《宝贵的秘密》《惊弓之鸟》等。

◎ 盘古瑶服饰-肖伟　摄

云海茶山-肖发凌 摄

◎ 山景雾衬–肖运宏 摄

最美风景

红 日

我的手机里存满了凌云的照片，这些照片是2015年9月和2018年5月我两次有幸到凌云参加文学采风活动时所拍下的。平时手机里的照片多了，我会删除一些，但凌云的照片我一张也没有删除，都原封不动地保存着。没删除的原因自然是因为这些风景太美了，美得让我不忍心删除。闲暇时，我会打开手机，手指在屏幕上滑动，一张接一张地欣赏这些美丽的风景，比如此时。

浩坤湖自然是拍得最多的，我两次到凌云的第一站，都是浩坤湖。第一次车停山坳口，第一眼见到浩坤湖，我就被它的美轮美奂给镇住了。不得不承认，我对浩坤湖有一种天然的与生俱来的亲切感。我的家乡那个叫新民的山村，每到六七月份，山洪暴发，洪水泛滥，也内涝成这样一面湖水。洪水往往需要两三个月才会消退，这样的风景就会在我们孩童的眼里延续两三个月。当然，这是不可能比拟的，我家乡的洪水不能叫风景，叫自然灾害。人家凌云的浩坤湖，才是真正的风景，而且有文化品味。按文友志文兄在他的作品《经典凌云》里讲述，浩坤湖古称东湖，浩坤湖的美在几百年前就被人发现了。在汾洲钓鱼台附近的石壁上刻有一块两米见方的《游东湖记》，写这篇文章的是明代泗城（凌云古称）的土司岑云汉。岑云汉于明崇祯三年（1630年）秋月，陪同桂林文人谢子嘉游浩坤湖时，写下了这篇游记，由桂林府石匠封华刻于石壁上。我没有在现场看到此文，却在下榻的宾馆看到一本小册子《游东湖记》，由政协凌云县委员会和凌云县文联编撰。册子里志文兄对岑云汉这篇游记做了翻译。古时候，岑云汉他们游浩坤湖需要三天时间，而我们一天时间就够了。便利的交通，大大缩短了美景与我们的距离。我很想探寻那处钓鱼台，很想拍下那面石壁，可惜两次行程均没有此项安排，看来要等到第三次行程了。其实，浩坤湖的美要从山的垭口上才能领略到，只有在高处才能领略它的湖光山色、它曲折的岸线和星罗棋布岛渚，因而我所拍到的浩坤湖的照片，多是从山的垭口上拍的，且都是全景。坐在船上，身处湖中，我自然要充分感受湖水的清幽、山势的俊朗和水鸟的弧线。当然，也拍了一些照片，不过都是特写。

从浩坤湖回到凌云县城，有一个地方是必须要去的，也是必须要拍摄的，这个地方叫水源洞。听志文兄介绍，这个水源洞，很不一般。步入洞内，但觉凉风习习，流水潺潺。洞顶石崖上刻着四个苍劲大字：第一洞天。是清乾隆四十三年（1778年）左江观察使王懿德所题。洞中有钟乳石、石笋、石花、石柱，形状各异，千姿百态。从水源洞里流出来的水，被当地人称为"圣水"，据说能祛病消灾。每年的农历七月初七，各族男女竞相来到水源洞取"圣水"、洗"圣水浴"；大年三十则到这里请"智慧水"。水源洞的水，自洞口那棵盘根错节的千年古榕树下流出，形成一泓清澈的池水。我拿出手机连续拍了几张照片，来到水池边，掬一捧清泉含在嘴里，算是给自己请了一把"智慧水"。但凡水源处均称为河流之母，可水源洞却被尊称为"澄碧河之

父"。和所有人一样，我也感到蹊跷。志文兄提示我抬头观察眼前一处突出的钟乳石，只见那石雄壮勃起，昂然挺立，于是明白了这一命名的依据。我在家乡也拍摄不少类似这样的"生命之根"，但拍到如此逼真、如此栩栩如生的"雄嘎"（当地俗语）还是第一次。水源洞，缘于水，缘于佛，更缘于丰富的文化内涵。走在崖壁刻满诗文的水源洞里，仿若紧跟在凌云悠久的历史脚步之中。据统计，历朝历代文人墨客在水源洞口内外崖壁上留下的诗词、楹联、题字累计达80多首（副、处），其中或托物言志，或体悟人生，集中体现了凌云历久弥新的人文精神和多姿多彩的文化底蕴。有些诗文和楹联我印象特别深刻，比如道光初年州官吴嘉纶题写的对联：稽首向慈云到此自惭为吏俗，源头来活水而今方觉在山清。

夜幕降临，华灯初上。泗水河两岸，流光溢彩。我和佩华兄、一平兄、红一兄、小刚兄漫步在河堤上。看似漫不经心，实则有些迫不及待。经过一家小店门前，见到灯箱上几个字很眼熟：红日啤酒店。当即拍照下来，发了一条微信。远在延安学习的才夫兄很快回帖：请如实填报

个人事项。感谢才夫兄，您的提醒很温馨，也很温暖。在太平桥方桌边，我们五位客人刚坐下来，凌云五位文友就到了。早上还在车上的时候，负责招呼我们的小黎已说好了，消夜要请我们吃"地羊"肉，而亲自烹饪"地羊"美味的是她的闺蜜阿卯。此生我吃过柳州的"稻草地羊"、玉林的"荔枝地羊"、宜州的"脆皮地羊"、都安的"水煮地羊"，还有环江的"生焖地羊"……自从2015年在凌云县城吃了"凌云地羊"之后，我就下了定论，这是我吃到的最好吃的"地羊"美味了，尤其是太平桥"干锅地羊爪"的味道，简直就两字：绝了！我们嗑瓜子聊天时，阿卯来了，一个长得健康丰腴的青年女子飘然而至。凌云女子长得水灵，就是水分很充足的那种，阿卯也是。阿卯一坐下来，一连串开了六瓶啤酒，一口气跟我们五位客人各干了四杯。酒过三巡，六瓶啤酒见底后，阿卯亲自烹饪的"地羊"肉由服务员端上来，装在一只瓦罐里，很古朴，很原始。阿卯扭开液化气炉开关，让文火慢慢地烧着，不一会儿，一股奇特的肉香味袅袅飘出，令我等垂涎欲滴，立即拿起了筷子。与凌云传统的做法一样，阿卯烹饪的"地羊"肉也是连皮带骨头的。不同的是，阿卯省去了油炸这一环节，直接切块下锅。煮水是直接从水源洞里挑来的"圣水"，而不是自来水，配料是山上长的野山姜。我问阿卯，大料里是不是还包括某种植物的果壳。阿卯断然否定道，咱郭家人（阿卯姓郭）从不干违法的事。据小黎透露，阿卯是他们家族祖传烹饪"凌云地羊"的第五代传人。凌晨时分，方桌边剩下我们几个男将，我们已经干掉了七件啤酒，第八件接着上来。佩华兄见我不停地用手帕擦拭脸上的汗水，说了一句，大伙都脱了吧！我还没反应过来，佩华兄已把上衣脱了，接下来一平兄、小刚兄、红一兄干净利索地脱了。我忸怩一番，也把白色的T恤衫脱了。我承认我羞于当众裸露躯体是因为内心的脆弱和自卑。我深知自己的躯体属于书斋里的产物，它缺少地气，缺乏与大自然的亲密接触，缺乏烈日的炙烤和大雨的浇注。它表面上看去是嫩白的、是茁壮的，其实是亚健康的，是经不起风吹雨打的。是夜，我第一次在自然界、在滔滔奔流的泗水河畔、在凌云这片净土上的夜空袒露自己的躯体，同时，也袒露自己的灵魂。咔嚓！

咔嚓！凌云文友杨再礼兄拿着手机，接连为我们拍了几张"裸照"。照片上，我们五个兄弟笑得很灿烂很自然——因为我们回归了自然。

再回到浩坤湖上。这次在浩坤湖上，我是拍有不少照片的，比如跟我的偶像——著名作家毕飞宇老师合影的照片。此前东西主席发微信叫我到凌云参加采风活动我是有些犹豫的，犹豫的原因是今年杂事特别多，年初计划写的文字到五月份了一个字也没写出来，想静下心来做些作业。但当东西主席说毕飞宇老师要来凌云时，我一下子就不犹豫了。我最早阅读毕飞宇老师的小说是在2001年，那年四月我读了他的中篇小说《玉米》，之后又读了《玉秀》《玉秧》《青衣》。而读得最认真、最仔细的作品是毕飞宇老师2005年在《北京文学》增刊上发表的长篇小说《平原》。在反复读了三遍《平原》之后，我深刻地意识到，原来小说的语言应该是这样的，原来小说的故事应该是这样的。头晚东西主席宴请毕飞宇老师一行时，我第一个到达酒店，目的是想在第一时间见到偶像。可是飞机晚点，带路人进城后又走了弯路，直到夜里差不多八点才见到毕飞宇老师。握手的时候，我就想对他说一句：毕老师，您是我多年来一直都想见的偶像啊！可是握着偶像的手，我的舌头迟钝了。当晚，我先后两次

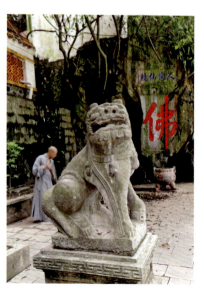

◎ 水源寺之晨-李彩兰 摄

◎ 凌云水源寺-肖发凌 摄

去给毕飞宇老师敬酒，每敬一次酒我都萌生跟他照相的念头，想想还是到了凌云再照。船行驶到湖中，我终于鼓起勇气走上前去，弯下腰身虔诚地对毕飞宇老师说道，毕老师，您是我的偶像，我想跟您照一张相。毕老师微笑着，一把拉着我坐到身边。我把手机交给东西主席，请他为我们拍照。在浩坤湖上，东西主席是这一幸福时刻的见证者和拍摄者。在这一面浩渺的水上，我实现了十七年来的一个梦想，构造了人生一道靓丽的风景。

【作者简介】红日，本名潘红日，广西都安人，中国作家协会会员，现任广西作协副主席、河池市文联主席。著有长篇小说《述职报告》《驻村笔记》，小说集《黑夜没人叫我回家》《说事》《同意报销》《钓鱼》等。曾获《北京文学中篇小说月报》优秀中篇小说奖、广西文艺创作铜鼓奖、广西少数民族文学创作"花山奖"、广西年度作家奖、《广西文学》·"金嗓子"青年文学奖等。

凌云的抗战文化遗存

黄伟林

◎ 粤江源泉–向志文 摄

　　2015年9月24日至26日，我有幸参加了"文化名家凌云行"活动。我这是第一次到凌云。活动期间，我们游览了浩坤湖、水源洞、凌云博物馆、文庙、中山纪念堂、金保瑶寨、茶山金字塔等风景名胜，饱览了凌云的自然风光和人文风情。水源洞口有一副对联："故乡山水夙称奇至此更入佳境，天下名区将览遍于斯别有会心。"这副对联的作者是阳朔举人黎中伟。因此，联中的"故乡山水"当指阳朔山水。黎中伟于清朝咸丰十一年（1861年）中举，清朝光绪二十二年（1896年）任泗城府学教授，桂林山水甲天下，阳朔山水甲桂林。黎中伟生长于桂林阳朔山水之间，又走南闯北，览遍天下名区，到了凌云，发出如此感慨，足可见凌云山水风光之美好。

　　对我而言，凌云之行，有一个意外收获，那是在游览水源洞的时候。水源洞，顾名思义，应该是隐藏了某条河流源头的岩洞。事实的确如此，1929年，中央研究院社会科学研究所出版了由颜复礼、商承祖编的《广西凌云瑶人调查报告》，其中说到水源洞：

　　在凌云北去城约二里许有水源洞，高可二十余丈，深约许里，洞中之钟乳石大者丈余，小者五六尺，自顶下垂，极为玲珑壮观。洞里有一水源，水流急湍，盖即凌云河发源之处也。（第3页）

　　文中所谓凌云河，应该就是如今所谓澄碧河。澄碧河是凌云第一大河，向东南流至百色城区称右江，因此，水源洞是澄碧河，也是右江的源头。水源洞地处凌云城北百花山麓，除有地下河从洞口处涌出外，水源洞内，清康熙年间即建有问心庙，如今更名水源禅寺。进入水源洞，触目可见遍布岩壁的摩崖石刻。读凌云文人向志文先生的散文集《经典凌云》，可知水源洞里摩崖石刻达80多幅。桂林向以摩崖石刻著称，桂林摩崖石刻最集中的龙隐岩、龙隐洞，一岩一洞，共有摩崖石刻200多幅。凌云地处广西西北边陲，

◎ 千年古寺-向志文 摄

历代为汉、壮、瑶民族世居之地，一个水源洞，竟有石刻80多幅，这个数字堪称显赫。水源洞集山、水、洞、寺庙、摩崖石刻于一身，既是凌云母亲河的发源地，又是凌云历史的摩崖书，还是凌云人心的安放地，堪称凌云第一名胜。据2007年的《凌云县志》，水源洞被作为全国名胜收入《中国名胜词典》，1982年凌云还专门成立了凌云县水源洞区建设委员会。

我在水源洞的意外收获是无意中读到了两块抗战时期的摩崖石刻。

一块为：

国难期中观光水源洞的感想

这次对日战争，我们的力量，须要与此洞的源泉，永流不断地奋斗下去，才能完成抗战必胜、建国必成的伟大任务。

一九三七年秋，参加东战场（上海）对日抗战，受创回后方治疗的我，医七个月时间，伤愈了，现复从事师旅，军抵凌云，顺游水源洞胜境，觉此洞堪称人间天上，使我万分地美慕，待将来把日本帝国主义的军阀，驱出我们的国境以外，再到这里住一回千百万年，过那养性修身真闲人的生活。

平南陆继炎题，中华民国二十七年（1938年）八月三日这块摩崖石刻的作者陆继炎的资料不太好找，通过百度搜索，可知他曾任国军第49军56团团长。1944年日军占领平南后，陆继炎还在家乡组织抗日自卫队抵抗。

第二块为：

气奋风云

民纪廿八年十月十八日，余由校率领员生战时服务团出发，自田西而乐业、凌云作抗战建国宣传。十一月四日抵蝶城，工作之余，率游名胜，争登斯洞。仰观俯察，山明岩秀，云霭风清，丹青四壁，紫翠千盘，滚滚长流，不舍昼夜。乃与诸员生相警勉，游目骋怀，大有磅礴风云，气吞扶桑，为国家民族努力奋斗，维护锦绣河山之感。特题此以志不忘。

广西省立田西师范学校校长岑永杰

岑永杰，壮族，广西西林人，晚清重臣岑春煊的侄子，1933年考上南京中央大学攻读中国文学，后转到暨南大学攻读教育心理学，再转中央训练团党政班第十六期学习，毕业后回广西从事教育，曾在南宁高中任教，后奉调到百色五中任教导主任。1938年8月，广西省当局在西隆、田西、西林、乐业四县联合国民中学的基础上创建广西省立田西师范学校，岑永杰为首任校长。田西师范学校即今百色学院前身。水源洞里"气奋风云"这块石刻，正是岑永杰在田西师范学校校长任上率领师生到凌云作抗战宣传时所刻。

2015年是中国抗战胜利70周年。从2013年开始，我以较大精力投入广西抗战文化的研究。游览水源洞，无意中看到这两块抗战主题摩崖石刻，自有一番意外的惊喜。凌云地处广西西北，抗战时期，虽然广西大部地区都曾经沦陷，但凌云却相对安全，未曾经历战火。然而，广西是当年中国坚决抗战的省份，抗战气氛弥漫整个广西。在查阅抗战时期各种广西文献的时候，我曾经读到不少抗战歌谣，其中，就有多首来自凌云。这里，我不妨摘录几首凌云背陇瑶的抗战歌谣，从中可看出当时凌云瑶民的抗战精神。第一首是背陇瑶的《当兵歌》：

正月一日李花开，皇帝来了一文书；敌人来扰我国土，大家起来去杀敌。

二月二日桃花红，凡是男人要当兵；
当了兵来打了仗，保卫父母和家乡。

三月三日桐花开，情哥正是壮年时；
拿起干戈和弓箭，精神凶猛虎一般。

四月四日栀花开，接到君王文书来；
调我哥哥去打仗，杀尽敌人慢回来。

五月五日莲花旺，太阳光照影连连；
哥去当兵妹在后，殷勤耕种助米粮。

六月六日棉花旺，情妹培植很繁忙；
希望棉花收成好，制成衣服寄给郎。

七月七日豆花开，劝妹在后莫忧愁；
等哥打得大胜仗，回来我俩再交情。

八月八日菊花黄，情妹在后工作忙；
一面收获一面晒，制成食品送给郎。

九月九日茅花开，茅花开了满山红；
打得敌人退去了，慢慢回来结恩隆。

冬月十一梅花放，拜谢君王恩义长；
赐了金银委官坐，绿衣挂榜姓名扬。

腊月十二雪花飞，高山平地白如灰；
家中不用灯火点，自自然然起光辉。

广西为抗战出兵之多居全国前列，桂军中有不少瑶族同胞。据收集者陈志良指出，"抗日之战发生后，瑶人被征上前线，盛唱此歌"。

第二首为背陇瑶男女对唱的抗战歌谣：

若兄去当兵，若哥去当军，去十八天路，走十九天程，当兵去杀敌，当军去杀匪，斩得首敌兵，斩得头敌官，官奖马连鞍，官奖金银牌，扬姓名出外，莫忘妹恩情。

情妹莫小心，情妹莫小气，现哥去当兵，现兄去当军，剿得首敌兵，斩得头敌官，情兄回本地，情哥回本乡，俩人再结义，双方再结恩，情妹你在后，不要多担心。

情兄莫忙去，情哥莫忙别，等到明后天，情妹去相送，送哥去到乡，伴兄去到家，两人心才甘，双方心才好。

哥也不喜别，兄也不好去，不去奉令府，不走奉令官，奉令去当兵，奉令去当军，不去怎么好，不别怎么算，情妹你在后，莫忘我恩情。

这首男女对唱歌谣中的"首敌兵"指的是敌兵之首，"头敌官"指的是敌官之头。这样的词语可能是背陇瑶的特殊表达。

下面这首背陇瑶《反乱歌》也是男女

民紀廿八年十月十八日余由
校率領員生戰時服務團出發
自田西而粟崇凌雲作抗戰建
國宣傳十一月四日觝峰城工
作之餘平遊名勝爭登斯洞卯
觀倚峯山明歲秀雲屬風清丹
宣夜乃塑眾員生相管跑逃目
青回望眾軍千盤滾之崇不食
為國家民族努力奮鬥風雲吞吐
跨懷大有磅碡風雲吞狀
綉河山之感特題此以誌不忘
廣西綏靖公署……校長冰余成

氣奮風雲

甲子秋初余率軍緪淩
城適摯友楊君仲賓前
以權務僑寓是邦憶昔
于役武鳴軍門戎服
之暇抵掌縱談意甚豪
越樓吙遠革艸人
歲一紀焂不期十年舊
而異地良覯快慰之餘
景中之最甲也水石
團相與尋幽選勝一暢
襟期水源洞窅淩邑八
運不忍夫古人三生證
各擅其奇盤桓採玩
石自饒風兮余與楊君
今日之興豈知毋同長
……念晉中華民國十
……有三年
靖西垻圍柱題
邑宰楊仁謙書
淩雲鄉……書

◎ 抗战文化石刻－黎创英 摄

◎ 抗战文化石刻–黎创英 摄

对唱，陈志良称"此歌为瑶人承良君直译之瑶歌，借此可见其文法"。

男唱：

见风俗第一，哥不见国反？见风俗第二，国三反四乱，妹见反没有？中国我讲爱，个个算打仗。听反到外国，快快勇当兵，下高底这来，大刀扎在身，手里拿着枪，勇敢去杀敌；左手拿着枪，右手拿着刀，哥去保国家，同妹不成情，哥想亲同你，等地方太平，天下平不平？二人心不定，但要记在心，万次不忘恩，哥忘先死先，妹忘先死先。

妹答：

反是反外国，反不到我国，反不到我国，国爱反都反，国爱乱都乱，六十年庚甲，午甲子听反，那一年反起，那人造反起，扰我国世界。哥你莫淘气，妹替想办法。扎营扎得紧，捉反人拿官，三年不见天，反人定死绝。二次反不起，我国才平安；男女都欢喜，长久来见面。

以上几首凌云背陇瑶歌谣均来自

陈志良编著的《广西特种部族歌谣集》，此书1932年11月出版，由中央银行经济研究处发行。

1933年5月至1934年2月，湖南人田曙岚曾旅行广西，不久后出版《广西旅行记》，其中有很大篇幅写到凌云，其中《凌云县概况》一节写道："凌云地居广西省之西北部，北以红水河界贵州，东北一小部分隔红水河而望南丹之西北部，东连凤山，南接恩阳，正西连西林，西之北接西隆，西之南界云南之富州县。全县面积凡一万零八百三十方公里弱，为全省九十四县中面积之最大者。县城位于泗水上流之东北岸，四面石山环逼，围障天际。城于其内，如处莲花心中，形势险要。"

凌云时为当年广西面积最大县份，杂居汉、壮、瑶多民族，其抗战意志于广西全局之影响，举足轻重。本文录凌云水源洞中的抗战摩崖石刻和民国广西文献中的抗战歌谣，以资纪念。凌云考察期间和本文写作之际，诚蒙凌云本地人士岑景蔚先生和罗南女士指教，阅读向志文先生《经典凌云》，亦受益匪浅，在此一并致谢！

【作者简介】黄伟林，现为广西师范大学文学院教授，硕士研究生导师，课程负责人，广西师范大学旅游研究所副所长，广西当代文学研究室主任。著有《孔子的魅力》《转型的解读》《中国当代小说家群论》。主持广西哲学社会科学"十五"规划重点项目《90年代以来广西文学的成就、特点与走势研究》《大众传媒中的文艺问题研究》和广西高校科研基金项目《山水文化与桂林旅游发展战略》。获第六届全国少数民族文学创作"骏马奖"、庄重文文学奖、广西文艺创作铜鼓奖。

有中山纪念堂的地方

常弼宇

◎ 中山纪念堂-罗南　摄

浏览广西各县域与历史遗产的关系，大概是三种状态：一是有的县城像新村，说有多少年历史，但人文遗迹一空如洗；二是有的地方遗存着一些由私产转为公产的老建筑群，这些披挂着风雨痕迹的老旧遗迹，却能催人浮想，那些地方虽然也没有逃脱历史上天灾人祸的洗劫，但给你的感觉是此地人的日子总体说安逸是常态。这种对历史的妄估，却经常得到验证；三是一些地方还保留些民间老建筑，有名人旧居，书院码头，祠堂庙宇。当地虽然近景泛泛，也会让人感到曾经不简单，心底暗升几分敬畏凛然。外侵的兵火天降的灾害没能毁灭昔日风物，当地大概也没有诞生过祸国殃民的特别恶人，这些地方的岁月大约是这么流逝的吧。

曾经沿着左右江、西江、柳江、漓江或顺流或逆流走过，有规模骑楼建筑的城镇，在水运交通时代，一定是商埠旧地。自古以来商品交易一旦初具阵容，那就不仅仅是单纯的逐利行为，其中必然带起原住民的向外流动，人眼中的世界一角一层地打开推至深远，人心就会一点一滴变向大气宽容，待人谋事就会与前人有所不同，气度心胸不经意发生改变。回溯中国封建社会终结民国初兴之际，广西一拨优秀儿女勇敢走进风云变幻的大潮弄潮，就以这些地方的人士居多。

纵观广西人出将入相的特点，无论科举出身还是混世魔王从良，基本轨迹是单向的，一去不回头，返乡播种福荫的凤毛麟角，丢下桑梓不回首，反认他乡做故乡。经商无大贾，传世少鸿族。所以，无论清前还是民国，无法与浙江、安徽、广东、福建相提并论。然而，在藤县面对"四知堂"，你顿感此处天高地厚日头长远。后汉荆州刺史杨震"夜半却金"的故事和那句"天知、地知、你知、我知"的名言流传了两千年，成为中国文化天空的一记响锣。即使如今四知堂破败凋敝，传统不再，你都不敢妄说此地轻薄，看懂的人会肃然起敬。别看这些遗迹垂垂老矣，有与没有，区别开的不是一般的物质贫富。

曾经听原国家新闻出版总署副署长梁衡喝茶聊天，他感慨地说：所谓先进文化，必有三个特征：第一是继承，一定是源远流长，不可能突然发明出一种先进文化。第二是扬弃，一定是经过大浪淘沙，去伪存真，较为完整地保存了精华。

◎ 听荷轩-向志文　摄

第三是具有公认的价值观，经受得住检验，不能只自己说好，或者一时叫好。用这观点评价各县域与历史遗产的关系，贴切如量体裁衣。

曾经很惊讶凌云县有孙中山纪念堂，以为县小地偏，离中山先生很远。中山纪念堂能完好保存下来也是奇迹，因为它与很长一段历史时期的政治旋律并不亲密，拆改他用并不犯忌。等真正走近凌云，却真的要说一声抱愧了。因为没有读遍广西各县县志，所以不敢妄论，说凌云作为一个县治，其历史沿革吏治遗产之丰富在广西县治中的排位很靠前。但凌云县的确坐拥着奇特的历史馈赠：从1053年至1727年长达674年的时间里，凌云一直在岑姓世袭土司的治理下，跨越宋、元、明、清四朝，可以说是任凭风浪起，稳坐钓鱼台。中国历史上除西周、东周加起来790年以外，没有一个朝代统治时间比凌云岑氏土司统治稳定长久。这是如何做到的？一方土司与历朝中央朝廷关系之坚韧，真不多见。600多年间，凌云曾称"百粤推尊，两江上郡"，版图几伸几收，府县来回变迁，是吏治文化遗产丰厚之地。如此吏治文化土壤，必生志在江湖之人，民国初年有王彭年这样的人物顺理成章。凌云人王彭年毕业于广西政法学堂，当选过广西议员，参加广州护法军政府，在内政部任职，卷入时代主流，又回家乡当了县长，应该不是忘乡之人。他不仅追随孙中山，还想着把中山先生的思想传播桑梓热土，以图影响塑造新一代凌云人，并为此奔走不疲。孙中山1925年3月在北京逝世，广西梧州中山纪念堂1926年元月就举行奠基，1930年落成。而凌云中山纪念堂于1938年落成时，中山先生已经逝世13年。此时的中国，已遍地劲吹抗日号角了。也唯独如此跨越，更能体现出王彭年等凌云人对理想与信念的执着坚韧，否则便早已放弃了。不禁令人想起一句老话：一方水土一方人。看了凌云籍或在凌云工作的专家学者整理出版的关于凌云人文典故和历史故事的专著，对凌云文化遗产有了形象的了解。近700年岑氏土司治理泗城府、州、县，它的传位、政体、官制、官职、等级、司法、税收、田亩、教育、兵役、商贸、交流等应该自成体系，独具特色，是中国封建社会制度的政治文化遗产之一，进一步系统梳理和研究，是值得期待的。博白县有王力纪念馆，中国著名汉语言学家王力教授1931年在法国巴黎大学求学的博士论文是《博白方音实验录》，用实验方法记录方式，证明博白方音有"十声"，是中国方言中音调最多的。王力从家乡方言研究起航，成为汉语言学大家。如果有人拿出翔实的《700年岑氏土司职官表》，为《中国历代职官表》补白，是不是也会养成历史学家呢？凌云县人文历史资源形态多样，彼此交织，相信潜心研究者必有建树。

凌云现以茶名世，白毫茶曾较早吹响广西茶业的进军号。如今黄、绿、红、白、黑茶都生产，结构算完整了。但是，时间荏苒，广西、半个中国靠山的地方都种茶了。以凌云县百家茶企，11万亩（0.74公顷）茶园做基础，在凌云之外要喝凌云茶，也是不难的。但走进凌云，仍然感到气场与资源不般配，还没有把茶业做到极致，与"想茶就想凌云"距离尚远。有一次经过大新县，发现大新旅游广告有了新词："因为有明仕，所以去德天"。看罢之后，觉得策划甚好。德天瀑布经多年打造，卖"跨国瀑布"，已

◎ 浩坤夕照-林军　摄

在旅游市场形成定势，不怕卖不出。而明仕田园是新的主推产品，都是大新县的，因此故意来个"贬"德天"捧"明仕，结果是德天无损，明仕再赢。凌云卖茶，需要新策划。外来投资的大茶企自有门道，无须操心。本土茶企联合起来，搞个"茶拍"如何？用黄、绿、红、白、黑茶做拍卖场，注册几家茶拍公司，天天搞几场，组织游客拍茶，20人开拍。当然，茶企会有赚有赔，游客也同样。凌云茶叶品种多，规格多，茶客眼多心多，双方一碰撞，气场就上来了，企业也活泛了。高速公路树几块大广告："到凌云拍茶去！"岂不新鲜诱人。不要只按老路子卖茶，艺术品和古董搞春拍秋拍，凌云就做茶拍。如今茶客阵容之强大，历朝历代无与伦比，消费规模，今非昔比，是个人都端杯茶。一句"到凌云拍茶去！"宣传到位，人家就来啦。凌云除了茶，还有其他资源，都串起盘活了。

【作者简介】常弼宇，中国作家协会会员，广西作家协会副主席，广西理论家协会理事。先后在《上海文学》《漓江》《三月三》《春风》《当代》等杂志发表中短篇小说四十余万字。小说集《误入野史》由漓江出版社出版。还著有小说集《籍贯》等。

平静幽远—米儒聪　摄

逍遥自在凌云

锦璐

凌云。凌云。

在这样的两个字组合成的地名里，文字的符号意义赋予我最大的想象。那是一种久违的旷远与寂寥，曾经在唐诗宋词里出没，曾经在古画古风中设墨，一旦于现实从唇齿之间进出，又觉陌生、虚幻和恍惚。在山和峰之上，在风和云之上，在伸手够着天的地方。超越所有的时间，透明的，流动的，看不见摸不着，但头发梢能感觉得到细微的神经跳动。

去往凌云，没有高铁、高速直达，从南宁出发，驾车需要四个多小时。有人说路途遥远，有人叹交通不便。车窗外，一嶂一嶂，屏风一样叠在一起的山峰，远远又近近。我不作声，心里却想，一个名叫"凌云"的地方，哪里是凡人那么容易接近的呢？它肯定不应该是，更不能是抬脚即到、触手可及的。那里天朗气清，那里惠风和畅，神仙们只消在山顶上脚尖那么一点，轻轻一弹，便穿过白云，便溜过清风，须臾间，就能由此及彼，呼朋唤友，游目骋怀。

神仙的世界什么样？似曾相识，既在经验中，又在经验外。它与我们内心深处的某种情愫相呼应。这种经验不是写实的，也不是有据可查的，更无从印证。然而，它就是说不清道不明地存在着。

就像到了浩坤湖。请注意这片湖水的名字。浩大的浩，乾坤的坤。这一片浩瀚的水，接连着凌云的天。凌云人心是有多高多大？包容着浩瀚的水，包容着凌云的天。

这种气度，难道不是神仙才有？

时间在这里凝固。山后面的山，水后面的水，屋舍后面的屋舍，山林后面的山林，甚至，我和我身后的我，所有承载在湖面上的一切事物，好像被停滞的时间封存在一块巨大的琥珀里。每一处被凝固的细微，被蝉翼般细腻和透明的阳光包围着。岁月篡改了大地上的事物，却慈悲地遗漏了浩坤湖。然而，恰恰是这种遗忘，又保留下了许多被我们遗忘的事物，在浩坤湖和它的两岸，比如说，阳光、水流、青林翠竹、崖壁溪石，比如说，柴扉、渔舟、祠堂、哨台，甚至岩洞里的一处书院。清风降解周遭种种音响，天和地之间的所有声音，化成一汪厚重的湖水。在竹林里发呆的是缩脚白鹭，黄色救生衣兜着顽童，在水面上戏闹。一辆摩托车在湖岸上的蜿蜒乡道时隐时现，去向更深处的村落，很像一出文艺片的长镜头。所有事物达成默契，彼此倾听，互相陪伴，安静如画，却又生机勃勃。从这里出发，可以抵达任何一个朝代，不突兀。这样的景致，并非仙境。可以出现在梦里，白日醒来横陈眼前，也不会惊诧。

就像划过岸边的摩托，可以置换成马车、牛车，还可以置换为樵夫、书生、浣纱女，或者总角小童。任何一款，都和这里井然有序地融合在一起，永远保持着惯有的节奏。

这种安然，难道不是神仙才有？

你不必担心自己的出现，凌乱了湖面上的水色天光。可以说，她对你毫无察觉。或许是，你甫一落脚，就被热烈的阳光捕获，在只是叹了一口气的时间里，就和琥珀中万万千千的事物，做起了同伴。心跳不再只是被抚在胸口上的手所感知，而是真真切切被耳朵听到。唯有此时，人沉静下来，呼应着自然的呼吸，想一些玄远的事情。那些关于短暂和永远的问题，可以不被打扰，在心里恣意研磨。风花雪

◎ 暮色归舟–黄仲松 摄

月，刀光剑影，思古怀幽……周围的景致朴素，没有名家笔墨，没有名址胜迹，岭南画派关山月的题字，刻在石壁上，也不过是平白如话的"凌云山水美如画"。金光闪闪的只有阳光和水面的反光，还有湖鱼跃出水面画过的金线。那就不装了吧？不硬撑着了吧？放开胆量，想想俗世欲望，想想锦衣宝马……其实想什么，到最后都归结为——从哪里来，到哪里去？谁比谁深刻？谁比谁肤浅？能放下便是神仙？放不下便是庸碌之徒？没有答案，只有冥想。

世界有它的真理。凌着云天的凌云有它的逻辑。它的性情散淡自然，不逢迎不谄媚。那么多神仙飞来舞去，停云流风，游鳞戏澜，潇洒千古。所有浩荡无边的岁月，被浓缩、浓缩，一缕又一缕，被风吹得很远。那是神仙留给红尘的信物。

就像蒸腾在茶山的香气。一层层梯田似的绿浪，在视野里蔓延。青翠的山峦，弧度是曼妙的，如处子柔软的薄胸。茶香清幽，从山岭的高处，向东、向南、向北、向西，无限可能地舒展，似可通达天庭。

这种逍遥，难道不是神仙才有？

茶是作为凌云的一部分存在的。天地自然，历史文明，在桂西北乘风驾雾的酸性土地上，随着丰沛的雨水和热烈的阳光，滋生、孕育、升华、散逸、结晶，接收着寰宇万物的信息，又随着自然界的循环，重新回到土地上。凌云茶就诞生于这样一个浪漫而又漫长的过程，成为有形的文化赋形。茶叶就是如此微妙，一定生发于有文化底蕴的地方。现在，已然被世人称道命名的"凌云白毫茶"，正不动声色地彰显着凌云1700多年历史的幽深和神秘。喝下一杯凌云白毫茶，香气缭绕五脏，各种感觉升腾起来。人间的痕迹淡了，万事万物更透明。然而，在那透明之处，分明又有更为玲珑剔透的轮廓和线条。隐在山后面的山，隐在水后面的水，隐在屋舍后面的屋舍，隐在山林后面的山林，都带着银亮的弧线，接踵而至。

神仙！我看见那些宽大的袍袖，高高的帽子，还有飘逸的彩带，比透明更明亮地闪现。我想抓住他们的衣角，还想看清他们的踪影，但是徒劳。他们是神、是仙，随心所欲，天马行空，哪里有固定的时间表和路线图。我唯一能做的，就是不停地喝下一杯又一杯白毫茶，在吉光片羽间贪晌逍遥。

就像长寿的凌云人，凌云的天空，没有雾霾；凌云的河流，没有工业污水。朝露清甜，雨过天晴。四周的高山延缓了追求"更快更高更强"时代病的侵入，手工制作还以纯粹的方式参与人们的日常生活。炒茶，打糍粑，做腊伽，绣嫁衣，编腰带，敲银器，看夕阳，看秋河，看花，听雨，闻香……生活中的事物，明亮、润泽、恬淡、和缓，燃着烟火气，自然而然，都在最深处合乎人的本性。

这种自在，难道不是神仙才有？

岁月无惊。山色青青，一峦接着一峦。流云在风中出没。高崖上白色房子，像仙人没由来落下的一颗棋子。山脚下的百岁老人，打量着我们这些前来拜访的客人，潮水似的涌上，又潮水似的撤退。这种仪式他们已司空见惯，缄默微笑的神情，已入自在之境，宽厚地善待浅薄又俗气的晚辈。当我们完成仪式，如释重负地跑到一边喝茶、抽烟、聊天，他们慢慢踱出屋子，走进屋外的太阳地，看看天色、风向，然后随意拣了一把矮椅坐下。

雍容、质朴，心平、气和。百年巨流河里的颠沛流离、绝处逢生、无问东西，就这样，不紧不慢、不悲不喜，成为跟随着他们无所不至的影子。黑色麻衣摩擦着风的触角。藏在皱褶的双眼，看着来来往往的人们的命运，在眼前交叉。唇边一抹神秘的笑，让我看得亲切，却又心慌慌。我抬头看看天，有光穿透云影。他们好像真实里的幻象。世间的秘密，在时间中显影轮廓，次第盛开。能不能悟道是我们的造化。如果能悟道，那么他们的今天，就是我们的未来。

我相信，他们就是神仙。

【作者简介】锦璐，现就职于广西文联。中短篇小说见于《十月》《当代》《钟山》《花城》等刊物，并多次进入选刊选本，文化随笔多次获全国报纸副刊作品年赛金奖。出版作品有长篇小说《一个男人的尾巴》，小说集《双人床》《美丽嘉年华》，散文集《绚丽之下 沉静之上》。

◎ 弄福公路之晨－肖运宏 摄

凌云那方土

向志文

如果有人告诉你，在凌云，九十几岁的老人还满山撵山羊你别不相信，因为这是真的。

对于一个生于斯长于斯的凌云人来说，对这现象反应是平淡的，因为真的太稀松平常了。——如果你去过朝里瑶族乡，到那巴屯东头，见过那座立于清朝康熙六十一年（1722年）十月，在世上活了127岁的名字叫陈岑的老人的墓，你一定不会吃惊了。

对于长期生活在凌云这片土地上的人普遍长寿，官方自有权威的数据，在网上一查便知，在此不必赘述。

前不久，我和朋友随凌云呗侬山泉的董事长徐孝新去泗城镇后龙村弄郎屯看望他朋友的爷爷杨秀峰。正好，我是后龙村的人，四十多年前我就认识杨秀峰了，他是我同学的父亲，当时是后龙村的党支书。

有一个词叫光阴似箭，人处于光阴中，是不觉察时间的飞逝的。在我记忆中，杨秀峰是一个壮实的中年男人，身材挺拔，笑容俊朗，我跟着同学去他家玩时，他总会笑眯眯地挽留我吃饭。

四十多年，山没变，水没变，时光在这些亘古的自然面前，更是不着痕迹。杨秀峰老远就站在家门口等我们了，他挺拔的身材一如四十多年前。

走近了，这才看见时光的样子，它变成杨秀峰的山羊胡须，掺着黑的、灰的、白的颜色，长长地从他下巴悬下来。暗暗掐指一算，顿觉时光流逝之迅速。他的笑容一如多年前俊朗，岁月只是让他多了一份仙风道骨。

我叫他杨支书。四十多年前，我就是这样称呼他的。

杨支书一眼就认出我来，问我父母过得怎样，我告诉他，我老妈今年94岁了，她说要活100岁啵。"呵呵，那是必须的！"他笑哈哈地说，笑声爽朗，声音洪亮。

午餐我们在杨支书家吃。伯母煮的是玉米饭，传统的做法，用石磨推出的粗糙的颗粒，混杂进少许大米一起煮，铁鼎罐，慢火煨，两种米的香味拧成一股，慢慢从盖子底下溢出来。我说，老人家吃这种饭对消化不好吧？杨支书笑眯眯地说，不碍事，我们都是这样子吃的。伯母也笑眯眯的，她不停地劝菜，说，鸡是我们自己养的，菜是我们自己种的，你们多吃点。

伯母比杨支书大一岁，可她看起来比杨支书还年轻，两位老人，身体硬朗，动作灵便，眼不花，耳不聋，如果不知道底细，真不敢相信他们竟然活了差不多一个世纪了。

坐在院子里聊天。阳光明媚，洒落在院子里一半明丽一半阴凉。伯母散开头发，坐在院子里洗头。杨支书很自然地拿起梳子，帮她梳头。伯母的容貌里，还保留着年轻时的端庄秀气。

娶伯母时，是用多少抬轿子抬来的？这个话题，记不起是怎么提到的。杨支书笑眯眯地说，八人抬的轿子。他伸手指了指右方山坳，说，她家就在那个山背后，不远的。

伯母一直低头微笑。她没接腔，有些羞涩的样子，似乎是新嫁过来的媳妇。

我按下快门，记录下这美好的一刻。

我是一个喜欢跋山涉水的人，凌云的山，凌云的村落，几乎都被我的双脚征服过，我的镜头下面，记录有凌云的山水，以及凌云的人及物。终日在这里日晒雨淋，沐浴月影星光，在山野驴行摄影，在田间挥笔作画，到地里放歌采风，歇脚农家品乡间风味，坐在莲花池畔悠闲地望着云卷云舒。那种没有压力没有喧嚣的静好光阴，尽享山林间最新鲜的空气；山谷里清澈见底的流水；夕阳余晖下炊烟袅袅的村寨人家；人与自然悠然自得的和谐；人们挣脱繁华虚妄的羁绊，呼吸声中听不出凌乱的幸福感，让我更深刻地理解了宜居净土的含义。

几年前，我曾采写过一个《百年不老》的故事，那是凌云浪伏百岁老人罗文学的故事。

凌云沙里浪伏村弄哥山腰的兰号屯的罗文学活了105岁。

关于长寿的秘密，罗文学的答案却十分简单："这里有三好，水好，茶好，空气好！加上共产党好，我良心好，后生（晚辈）照顾得好！"

罗文学从小生活艰难，时常填不饱肚子，甭说吃肉，就连吃一碗细粮都是奢

◎执子之手–向志文 摄

◎ 寿星-米儒聪 摄

◎ 茶寿星-向志文 摄

望，自从做屠夫生意后养成了一天两餐，粗粮为主，有酒有肉，细嚼慢咽，一两酒可以喝半小时的习惯。他还喜欢自己采摘浪伏百洞千年古茶，用茶罐煮着喝，浪伏茶场建成后，他又养成了饭后一杯浪伏有机茶的习惯。

而在下甲，今年刚跨过百岁的朱芝荣和101岁的刘桂树更是凌云县有名的长寿模范夫妻。两人在1940年结为夫妻，如今年龄双双过百。他们共同养育了四代子孙，大家庭共有68口人。他们的爱情经历了漫长岁月的考验，一起度过近80年的风风雨雨，演绎了长寿之乡的"不老爱情"。

我采访过凌云许多百岁老人，经过与老人的交谈，我发现有几个词可以总结老人的生活：山清水秀，空气清新；宽容乐观，与人为善；历尽艰辛，心态平和；会吃会息，少酒多茶；清心寡欲，诚实正直；晚辈孝顺，家庭和睦。

一个人活一个世纪，那是一种怎样的感觉？百年不老有秘诀吗？

科学家会这样说：

长寿的人之所以长寿，20%取决于遗传，20%取决于环境，60%取决于个人的生活方式。

具体到凌云县，那环境便又有一串数字来表达：

凌云地区空气负离子含量1.5万～2万个/立方厘米，水的pH酸碱度8.0～8.3，凌云县的水属于小分子团水，经核磁共振（O17-NMR）测定其半幅宽为64-83Hz（6～7个水分子），氧化还原电位（ORP）35～150mv，地磁强度在0.45～5高斯之间。

当然，这些数据是科学检测的结果，普通如我，读得拗口。我只知道人就像种子，环境就是土地。水和空气是生命之源，如果没有好水好空气，就不可能有健康长寿的生命。

我想起那个远古的人，泗城府第五任知府李瑜。

那一天，他骑着高头大马，跋涉千里，来到泗城府，抬头一看，只见城东青山巍巍，高耸入云。山是硬朗的，气势雄伟挺拔；而云是柔软的，姿态朦胧迷离。这一刚一柔，梦一般同时映于窗前，有如仙境。当下，灵光一闪，一个很美好的词立刻从心里跳出来——凌云。于是，便以"凌云"定为县名上奏朝廷，自此，泗城府便多了一个名叫凌云的县份。这段逸事，在民国版的《凌云县志》里是这样写的："县曰凌云，得名于山，起自清初，以表其峻。"又曰："得名于山，因县治东有座凌霄山，雄伟挺拔，三峰并列，高出云表，为县治内群山之冠。凌云，取山之高峻为名，言凌云人之雄心壮志之意，故为县名。"

凌云，凌云，凌于云之上，难怪乎，山是纯净的，水是纯净的，人是纯净的，物是纯净的，也许，这就是凌云人普遍长寿的密码。

一方水土养一方人。对于凌云那方土，有人总结了几个宣传词：古府凌云、茶乡凌云、山水凌云、长寿凌云、活力凌云、壮志凌云。甚好！

要我为它下个定义，我只有这几个字：高山茶湖秘境，千古传奇寿乡。

这便是凌云。

【作者简介】向志文，广西凌云人，广西作家协会会员、广西摄影家协会会员，著有《中国名茶·凌云白毫茶》《世纪丰碑》《泗水年华》《我的陇雅图》《心翼》等。作品曾获《人民文学》报告文学征文优秀奖、广西第三届少数民族文学创作"花山奖"。

湖边人家

马元忠

◎ 湖边人家－陈漫欢 摄

广西凌云县境内高山林立，且多为石山，山的模样奇形怪状。远远观望，苍天之下，每一座山的轮廓形貌各有不同，有的像人，有的像物，有的酷似日常所用的某种器皿。浩坤湖边那一座大山便是如此，它像只巨兽，勾头沉脸，面目说不上狰狞，直愣愣端坐于天地之间，却把一条弯腿桀骜地往斜旁一伸，直抵进浩坤湖的半边水域里去。那一条"腿"，虽然也怪石嶙峋，但大概因了水汽的滋养和人烟的濡染，石缝里生长出来的草木格外丰茂，竹子、芭蕉树、松树、枇杷树、柿树，还有各种各样的杂树野藤，枝繁叶茂，簇拥着尖峭峻冷的石头，颇有几分画家笔下常见的景致。

三合屯几十户人家就贴在伸进湖里去的这座矮山的阴阳两面，屯子一溜的小楼房，都古香古色，装潢簇新，显然是近两年新建起来的。浩坤湖周边正大兴土木，据说要成为广西重要的旅游景区，三合屯自然也被规划在内。

向阳坡最东头那户人家主人姓劳。老劳家院场外墙用石头从坎下的小路边垒砌起来，足有两米高。在院场里坐着或站着，几米开外就是水波荡漾的浩坤湖。劳家主屋是一栋两层半的小楼房，右侧连着一排矮房，是木房，木板墙、木门、木窗，顶上盖的与廊檐下的地板一样，亦是条块色泽相同的标致方木，这是他家的小旅馆。不知是老劳自己做主，还是请人帮忙，小旅馆起了个很好的名字，叫观湖轩。

在观湖轩住下的第二天早上，我早早出门去，沿湖边栈道走了稍长一段。回来时见老劳坐在晒台上。他弓着身子，两条胳膊架在膝头上，一边手上两根指头夹着半截纸烟，一个人出神地望着湖面。我走上院场，老劳歪脸瞟一眼，说，早啊。随后伸出一只手往旁边指，那里有一只矮凳。昨夜入住时我操壮话和他套了近乎。同属桂西北方言，我们说话毫无障碍。我拉过凳子，在离他一步远的地方坐下。院场脚下的湖边，一群鸭子嘎嘎吵闹，一条狗从我们身后蹿下台阶，冲到岸边朝鸭群吠了几口。老劳嘿嘿地笑，吼一声，狗立刻就噤住了，摇着尾巴去嗅路边的杂草。我问，是家里的鸭吧。老劳嗯一声，抽一口烟，吐出一团雾，说，五十来只，一年两批。说完转头朝屋里喊了一声，片刻，门里走出一个妇人，和老劳年纪相仿，都五十开外。她两手端一只竹箕，走下台阶时嘟哝道，你就不能喂一回。老劳歪脸来瞧我，抿着嘴，无声地笑，一副孩子的样子。妇人站在岸边，嘴上咕咕地唤，扬手往面前抛撒食料。鸭们埋头啄食，把一片欢快隐在争抢声里。这时候，远处山巅背后的天际更亮了，喷薄的亮光洒满了湖面，妇人，鸭子，摇尾巴的狗，还有沿岸的竹丛草木，都染上了一层亮光。抵进湖里去的那处山脚，一个头戴斗笠的人手持长篙，驾着一叶竹筏悠悠往湖心驶去。远远地，有一声声的吆喝自那边传过来，想必是划筏人嘴里唱出的谣曲。湖光山色便也在那一阵阵喊声里更加鲜活了起来。老劳像被眼前的光景感染了，他弹掉烟头，呼地站起来，双臂冲天一伸，长长哈了一声，说，该轮到我干活了，做早饭喽。他朝我挤挤眼，又把目光甩向坎下。他那话显然是说给自家妇人听的，后半截没说的是，要不然那婆娘又该埋怨了。

妇人提着空竹箕上来时老劳已转身进了偏房，那里是厨间。妇人睃过去一眼，转脸对我说，那老家伙就这样，一年到头一天不少，早晚要蹲在这里一阵，往湖面看，没个够，都成瘾了。我问，他都看些什么呢。妇人说，他说看景，山啊，水啊，鸭啊，什么都看。我说，最主要的还是看你吧。妇人"切"一声，说，看我？看我做什么？我说，看你撒料喂鸭，听你和鸭说话啊。妇人莞然一笑，个鬼，老东西他哪里看我。说完转过头去冲偏房喊，你给我放下，别假装勤快了，出来陪客人说话。老劳乐呵呵出来，他提着一双湿手，抖一抖，又往屁股两边裤子蹭，然后坐回原来的矮凳上。

我问老劳，你早晚坐在这里看什么呢。他慢悠悠点燃一支烟，抽一口，满脸享受地说，你是不看不知道啊，这山，这水，很有看头呢。老劳告诉我，浩坤湖四周高山环绕，她就像深闺中的女人一样，个中的美是必须近距离来观览，慢慢地品味，才能够明白的。老劳给我讲了这湖的宁静和安谧，讲了湖水的清澈，讲艳阳下群鱼在水面游弋的壮观，讲四季里山光水色的变幻，讲日出日落时山和湖面呈现的不同景观，讲什么季节成群的白鹭聚在陡崖下嬉闹，讲此岸的夜莺和彼岸的水鸟如何贴着湖面飞翔，还讲了屯人在湖上荡筏对山歌和撒网捕鱼的诸多趣事。最后，他勾着头偷偷斜了偏房那边一眼，然后指着一处山头压低声音对我说，看见么，就是那座山头，太阳刚落下去光景，她投到水面上的影子像极了一个女人，对着明汪汪一片湖水梳妆打扮，若恰逢风起，影子晃晃悠悠……他猛地拍一下我的大腿，道，嗨，那样子勾人哩！他满脸通红，两眼放光，那神情，是男人都会有的。

从凌云回来后好多天，我老是想起浩坤湖边那户人家，想起老劳讲浩坤湖的种种美。那地方的确值得再去看看。

【作者简介】马元忠，广西田林县人，广西作家协会理事。2004年开始在省区级以上文学刊物发表作品，著有长篇报告文学1部，长篇历史传记两部（合著），中短篇小说和散文若干，作品散见于《中国作家》《民族文学》《广西文学》《广州文艺》《草原》《南方文学》《红豆》《深圳商报》等。

◎ 云上之城-黄知义　摄

激情与遐思

李约热

路太远，因为远才有念想，才有想攀爬的激情。

凌云这样的地方，光听名字就知道她生长在云端，这样的地方适合习武、炼丹及笑看人生。这三件事，每件都需要大境界，都属水，利他，有超强的感光度，都是跟丹田有关的事业。凌云这样的地方，不需要太多的人，想一次你最好不要来，想一次你就待在南宁好了，南宁有青秀山，那里的树木、青草名贵，一棵树够你吃好多年，那里的富贵与凌云无关；想五次你也不要来，想五次你就待在百色好了，百色有澄碧湖，那里的鱼虾美啊，鱼虾满池塘，美女洗衣裳。如果南宁、百色你也不想待，你哪里都不想待，那就去凌云吧，习武、炼丹、笑看人生。

有没有伴都没关系。

练一练轻功。泗水河边，砍几棵老竹子，割一片青草芭芒，结庐自娱，茅屋挡雨不挡风，适合檐下练武功。不要朝南也不要朝东，朝西吧，看看落日，太阳跌一分，你喝一口酒，先醉成一片晚霞再说，管他什么武功不武功。

炼丹。满山的茶树芽芽，是当年北边的那个皇帝少的那一味吧？我就想不明白，费那么大的劲出海，不就是凌云茶山上的一颗茶树芽芽吗？岭南路难走，你走水路呀，长江不是你的吗？灵渠不是开了吗？走水路，不要大船，十条小艇够了，那些妖里妖气的方士就算了吧，不能让他们上船，他们的长命膏其实都是速效壮阳药，吃多了你的小心脏啊……炼丹本来就是朴素人的事业，朴素人的事业得朴素人来做。朴素人少言，着青衣，个子跟茶树一样高。一个竹篓别腰上，踩着雾气就出了门，那树芽上的露水欲滴未滴，那是上品啊，这个时候风也不能太大，太阳最好迟三分

◎ 浩坤雄风-肖国权　摄

钟登场，那些个画眉呀斑鸠呀，有没有你们都无所谓。朴素人的手微凉，依着满园的天光，紧一点也可以，慢一点也可以，竹篓不要装得太满，朴素人不贪，反正有的是明天。家中的"炼丹"炉呢，火不要太大，颜色正好的是绿茶，深一点的是红茶，白茶孤独，据说勾兑了些许月光，有仙气，适合养胃，因此贵一点也没关系。春茶金贵，再金贵也给自己留一点，这一年雨水多，杯中的春茶得多加几片，水也不能太烫，杯中的热气更不能乱，直成一缕缕丝，好茶就得这样喝。我说的炼丹，其实就是采茶制茶，当年北边的那个皇帝不是想采日月之精华入丹以求长生不老吗？如果到南边，情况也许就大不同了，凌云茶山上的茶树芽芽就这样被埋没了两千多年。

笑看人生。呵呵，笑看人生其实是句玩笑话，是无聊之人脱口而出的妄语，何为人生？又如何笑看？你行吗？你行吗？这个世界道理很多，说别人头头是道，说

自己寸步难行，就像泗水河满河的雾气，谁也看不清她的来路。能把握的，仅是混沌中一片两片的澄明。所以只好静默，面对人生，就像面对这流水，你听就可以了，当然你看也无妨，看着看着，也许会沉溺于雾气之中，你最好不要开口，往往是，你开口即错。

天赐恩宠，这个安静的小城，她只属于凌云人，她的福分与我无关，跟所有的赶路人一样，我匆匆而来又匆匆而去，说不定有一天我会忘掉她。

尽管如此，我还是要说，在我看见她的那一刹，我确实被她的美惊呆了。

【作者简介】李约热，八桂学者广西民族大学文学创作岗团队成员。著有长篇小说《我是恶人》，中短篇小说集《涂满油漆的村庄》《火里的影子》《广西当代作家丛书·李约热卷》。曾获《小说选刊》全国优秀小说奖，《北京文学·中篇小说月报》最具潜力新人奖，广西文艺创作铜鼓奖等，中篇小说《一团金子》入选中国小说学会2008中国小说排行榜。

◎ 烟雨茶山-卢芸　摄

凌云顶上

冯艳冰

去凌云的盘山路就像一把天梯，从广西的百色河谷地带开始拔地而起，直通云霄。远远地望去，重峦叠嶂处，最顶端，有一片你我都一直憧憬的地方——凌云。之所以叫凌云，是因为它就在凌云之处、凌云之上。那是一个怎样神秘的存在：山那么高，路那么远，真是山高水长皇帝远啊，一个皇帝都够不着的地方，一个当年的皇帝不得不托付给当地乡绅的地方，一个历经近千年的王朝更迭而不倒的凌驾于王权之上的土司制存活的地方，还有滋生了众多道观和寺庙的地方。

顶好的凌云，打一出生就是个美人的胚子。峰丛座座，高高在上的林莽和秀水，秀发一样披肩过背，遥看瀑布挂前川，一泻千里，入右江，汇邕江，经郁江、西江、珠江东流入海，联通世界，真是凌霄秀发长千里，云上银锦坠青川。从天而降的森林，从天而降的茶山。山有山相，水有水景，洞有洞天，满眼秀色掩映之处，青山环抱之处，有一座已逾千年的泗水古城。

相对眼前的奇山秀水，我更在乎掩埋在它脚下的黯淡时光和曾经熠熠生辉的荣耀。2010年我到陕西，得知陕西一个省的地下就埋了七十二位皇帝，当时真是吓了一大跳，站在这片黄土高坡上放眼望去，实在是兴奋莫名，感觉这里刨刨土能见着一个皇帝，那里刨刨土也能见着一个皇帝。两省的交流会上，我毫不隐讳自己的惊讶与赞叹——陕西真是皇恩浩大啊！说到我们广西，虽是南蛮之地，我们也是有自己的"皇帝"的——土司——他们是土皇帝一般的存在啊。虽只受封一方，说是土官，但待遇基本和皇帝一样，什么都可以是本家所有：世有其地、世管其民、

◎ 泗城文庙-向志文　摄

世统其兵、世袭其职、世治其所、世入其流、世受其封。即便中央王朝改朝换代，但土司依然代代相传，可谓是流水的王朝铁打的土司。一位凌云籍专事广西地方志研究的朋友谈到土司的分布，说南疆边陲遍地的"皇亲国戚"，广西全境唯苍梧一地没有土司。我便打趣，看来皇帝无大小的吧，有王的名分享有王的荣耀自有王的作为。"怎会没有呢？"这位地方志的专家就按捺不住了，"作为自是有高下之分的。"他说凌云从宋代置泗城州始，到明代土司岑氏将泗城州治移于古勘峒，也就是今天的凌云县城，泗城州成了广西最大的直隶州。当时的泗城州可是地阔兵强人丁旺的，凭着能征善战的狼兵，手握兵权的土司岑氏只开疆拓土，却没有再搬迁州城，可见历代岑氏土司对州城所在地的喜爱与满意。而今天的人们，大多已不懂在中国历史上曾写下浓墨重彩的土司制度，自然也不懂掩埋在当今凌云脚下古泗城的风云与繁华。它们带着苍凉的历史泯灭在时间之中。

这是个打开门为诸侯，关起门来为天子的相对独立的"小王国"，在这王国中，土司既是当地的最高行政长官，又是本地的最高军事首领，民间才有了将土司称为"土司王"的称谓。当然了，林子那么大，什么鸟都有。所以土司也是有好有坏，有善有恶，不能一概而论；也不好说，那人坏了，这制度就是坏的。至少，守疆固土，土司制是有积极意义的。好的土司，就是有作为的地方官；土司的故事，经长长的数百年岁月的漂洗，留下的斑斑驳驳的文化碎片，总少不了几分的迷人之处。就说那土司城堡里那些穿街过巷、眠花宿柳随时接班的大小阿哥，那些条件优渥又娇生惯养的格格，想必他们仗着泗城州的"百粤推尊，两江上郡"之势都锦衣玉食招摇过市。还看过一张照片，在凌云玉玺山上泗城土司始祖岑怒木罕的墓，不显赫不耀武扬威，但朴素里有庄严，过目竟生敬畏之心，不知每年是否有人祭拜？岑氏世袭土司统治长达674年，历三朝经数十任，岑氏的列祖列宗们是否也像《花木兰》里的前辈那样，总是挤挤挨挨人声鼎沸夜以继日通宵达旦地守护着他们的后代呢？这是一个多么壮观的场面，当然也是我们肉眼所不能企及的，但如果能艺术地创作一番，想必也是存在的。有了先辈的护佑，岑氏后裔才能显赫地数十人为官，泗城府西林县那劳岑氏更是"一门三督"！如此长达近千年的豪门，遍访历史也是不可多得的啊。

一个土司王朝的传奇历史，在一片千岩竞秀、万壑争流、云蒸霞蔚的天地之间书写，可谓相得益彰；而山青水碧、钟灵毓秀之所孕育出一段宏阔历史，更是不负其"凌云壮志"之美名。我曾看过一张当今凌云县的俯视图片，在晨曦的微光里，烟雨空蒙中四江穿城临郭，这座山上水城其静谧缥缈的仙境，还真适合我们这些红尘俗子到那儿去明心见性呢。可惜这次初夏的山城之行来去匆匆，没能枕着泗水的碧波去会那四江的水妖，便打道回府了，而凌云顶上这座古城里我还没来得及品味的千年文庙与闻名遐迩的白毫绿茶，都值得我一次又一次地去翻阅这部古籍大典。

头次到凌云顶上，行色匆匆，却给我留了个借口：凌云，我欠你一次夜宿，你欠我一杯清茶。

【作者简介】冯艳冰，《广西文学》编审、副主编，广西文艺理论家协会副主席。

◎ 镜澄桥–黄仲松　摄

凌云，凌云

丘晓兰

　　在未到凌云的至少二十多年前，我就喝过凌云产的茶。绿茶。是父亲的同事从凌云老家归来，特意分一些给嗜茶的父亲的。父亲也挺宝贝地泡了喝。喝的时候还要说一句：这是靓茶，凌云的茶。

　　那时我还不像如今，不仅每天都要靠它提神，还会羡慕身边诗友怎么就能写出"平生寄迹云雾间，远离那红尘万丈。友来时，僧抱琴，声远了，渔樵唱，委芳躯梅花雪片，谢知音蹈火赴汤，留人间一段清香"的词句，总之就是还不太懂得茶滋味。但既然父亲都这样说了，自然也要跟着喝两口。记忆中，凌云出的都是绿茶，茶香浓郁，是很清冽的草木山林的味道，入口则极为醒神。苦、涩、甘、香，混杂着成为一支千军万马，雄浑凌厉地从舌面冲向喉咙进入腹肚。一口父亲泡好的凌云热茶喝下去，整个人都会跟着抖一抖……也许是年纪小，肠胃薄，父亲泡制的"凌云绿茶浓汤"令我一喝难忘，却也从此都不太敢碰这"力道够猛"的茶。

　　2018年的夏天，我第一次去到了凌云。去的时候还特意随身带了点红茶。

　　坐班车自南宁出发，到百色，再往凌云。起初是一路打着瞌睡，反正高速路上也没什么特别的风景。但进入凌云县境之后就不同了，一路都是山！绿色的石山连绵起伏，一座接着一座。沿途也难得见村落集镇，除了山还是山。可能我脑洞的朝向有点与时代脱轨，在汽车即将进入县城的片刻，我忽然觉得，这地方应该是有仙人居住的地方，或者，这地方原本应该是仙人居住的地方，那么凌云出产的茶，也应该是"仙茗"了，但这"仙茗"的力道怎么会那么"猛"呢……

这当然是我的一种臆想。所谓仙人，不过是被苦逼得无奈的人们的一个憧憬。憧憬着原本也不过是普通的人，一番辛苦后却拥有了各种超自然的能力，可以免遭凡人诸如生老病死怨憎会之类的苦厄，而代价却不过是需要稍微远离一下可以匿着诸多暖意的人间烟火。"正能量"是催人奋发兼丰富了文学想象，"负能量"却是太过消极地陷入臆想而逃避现实。

然而凌云，却真的是适合如我般不着边际的人展开仙道想象的好地方。

倘若你愿意花费三两个小时登上后龙山俯瞰凌云，绵延群山的怀里，这十来万人口的县城，便娇巧得恍如积木搭成的童话，却有车声人影，氤氲着人间的烟火。

古为百越地的凌云，秦属桂林郡；汉、晋属郁林郡；唐属邕管羁縻双城州。宋皇祐五年（1053年）始置泗城州。既以"泗"取州府城名，便可知河流水系必然丰沛。看，群山环抱之下，泗城的水纵横交错，溪泉星罗棋布。城中，有澄碧、龙渊两河从北向南穿城而过，城北，有龙溪河，城西，有西溪河，总称"泗水"；此外还有许多的泉，青泉、蒙泉、凤凰泉、五股水、天池泉……当然，湖泊、溶洞、

石桥也是相应地点缀在这而今看来只是小小的城里。周遭山水美地，这城内居住着的人们，真该着长袍、吟诗句、品香茗、赏花月，并且每个人都长寿。

但最让我觉得仙气撩人的，还是县城四面环抱着的群山。此地山高谷深，水系发达，县城外居住的人们往往三两户人家就占了偌大的数个山头，晨起云雾缭绕，夜静明月高照，最宜闲看清泉石上流，弹琴复长啸……即便不是仙人，也得是高人才消受得了这天然的大氧吧了。

不知不觉，车就到站了，就在被旅游网站介绍为"如梦似幻恍如仙境比西湖更美"的浩坤湖边上。真心话，虽当时骄阳似火，只片刻便晒得人心烦意乱，但这群山捧护着，澄碧得镜也似的偌大的蜿蜒水面，天光云影，放眼看去，我的心却忽然地就静了。论景致，还真有西湖不能比的诸多曼妙，但西湖，又哪里只是一片水面与草木的景致而已呢？

踏进就在浩坤湖边新建的客舍，空调与一应俱全的现代化设施令我瞬间神清气爽，移步窗边向外望，湖光山色尽收眼底。赶紧泡一杯特意自带的正山小种，嗅着闻惯了的茶香，坐着松软的大沙发，瞅

◎ 雪映老山塔 秦萍 摄

着窗外的潋滟山水，心里的那个美啊，就想着最好饭也不要去吃了，就半躺着坐在窗边，看晚霞倒影，看夕阳西下，看明月风清，看万籁俱静，听蛙声虫鸣吧！

只可惜，饭还是要吃的，我不吃，别的人也还是要吃的呢。我又不是湖边野外自在潇洒的一棵树，可以咬定一方水土不挪窝。而即便是深山里的一棵树吧，若是个子长得壮了，样子长得好了，保不齐也会被连根挖了移去假扮别处的景致……

果然，在与凌云当地的文豪向志文等先生讨教的时候，我知道了凌云此地仿若苏东坡白居易许仙白娘子苏堤断桥雷峰塔之于西湖的岑氏土司与泗城古州府。

据史载，凌云古为百越地，宋皇祐五年（1053年）始置泗城州至清雍正五年（1727年）改土归流，岑氏土司曾统治泗城长达674年。而统治了泗城674年的岑氏一族，本源也是中原汉族。因广西旧时聚居的多为少数民族部落，被中原历代王朝视为"化外蛮荒"，直至唐代"诸夷内附"，才在这里置羁縻双城州。凌云的岑氏始祖岑仲淑也是随军远征的中原汉人，

后因留守边疆与壮家姑娘婚配繁衍生枝。先进的文化接了广西壮家的地气，不知不觉就成了壮族的首领，本地的土官，并且一干就是674年。

唐时，因国家版图辽阔，中央王朝对边远的少数民族地区鞭长莫及，就推行"以土制土"政策，设"羁縻机构"，授土著首领官职，管理地方，官名"土司"，而土司也是整个土司制度的核心人物。只要向中央王朝纳贡，不脱离中央王朝，土司就可实行地方高度自治：有自己的特权，有自己的武装，有自己的官衔，有自己的财富，在政治、经济、军事方面享有特权，朝廷既不另派命官和军队，也不收赋税，土司可以自己养兵，朝廷可调动土司的军队去打仗，土司也可以用自己的军队在周边地区进行掠夺，扩大势力，并且世袭。整个官族掌握了地方全部的政治、经济、军事、司法大权，显赫荣耀无比……而岑氏土司到明朝嘉靖年间时，泗城州疆域东至东兰州界150千米，西至上林长官州界60千米，南至田州界90千米，北至贵州安宁州界500千米。真是：

四山高耸一水中流是为泗中形胜
百粤推尊两江上郡长承天上恩波

令人慨叹的，还有凌云的茶。

到了凌云我才知道，而今的凌云茶可不仅仅是绿茶"够力"，而是白茶、黄茶、绿茶、红茶、黑茶样样俱全，并且，各有各的妙处。许是这山水灵地就是适宜产茶，土壤中高于全国平均水平15倍以上的铬、硒含量有什么过人的奥妙，制茶时都有些啥秘不外传的手艺我是不知道的，但那茶，就好喝得我近乎泪目。清、香、醇、润，各茶种有各茶种的味道，或香远益清若仙气缭绕齿间唇边，或温润醇厚回味悠长……呃，三两日间，莫非我喝到的都是热情的凌云朋友特意觅来的特供？想来也未必见得，但那两天我是弃了自带的红茶而沉醉在凌云的白茶和绿茶里的。是的，喝过的其中一杯也是绿茶，只是不再如年少时的印象。也许，雄浑凌厉的茶也仍旧是有的吧，只是我在望不到边的茶山上，可临风极目的品茶室里，主人没给我喝到。

如获至宝般带着凌云产的四小罐白毫茶，那是我一喝之下便有片刻间恍若飞仙之感的好茶。凌云，凌云，那延绵的产茶的山，气象万千，观之是确有冲天凌云之状，我却人心不足，想象着若干年后的浩坤湖上，也添上诸如苏堤白堤的景致，而浩坤湖边漫步徜徉之人，吟诗作对，风流倜傥，仿若一个个风华正茂时期的岑云汉……届时，人间与仙境，又差了几何？

【作者简介】丘晓兰，现任南宁文学院院长，《红豆》杂志社社长、主编，南宁市作家协会主席，广西作家协会副主席。广西区党委宣传部签约作家，南宁市签约作家。出版散文集《完美的一天》《幸福是一种简单》《乡韵土风》，长篇纪实文学《虹起邕江》。

◎ 日照茶山-肖发凌 摄

泗城府·府城人

黄 爽

泗城这座小城，无疑得天独厚。这厚，上天当然也可以赐给别的城镇，但是上天不给，上天只给泗城。

上天首先厚给泗城一条河。一条鉴影两岸青峰峻岭城郭楼台如诗如画的河。这条河叫澄碧河。这样称这条河也对，因为它的水确实无可挑剔的澄碧如镜。这条河往下流过浩坤湖以后，再流进澄碧湖，那个湖被人们誉为"高原的眼睛"。但也有人称这条河为泗水河，比如泗城作家向志文、罗南写的长篇小说《泗水年华》。两个名字我更倾向于后一个，因为这条河是

属于泗城的，确实是泗城的，谁也别想把它夺走。

泗水河源出水源洞。从水源洞出来，它像一个刚刚出浴的少女，清纯，芬芳，纤尘不染。是的，这少女还没来得及染尘呢，她还羞着答答的，就被送进泗城的怀抱，带给泗城满怀的清冽和芬芳。泗城一把把她搂进怀里就再也不肯松手了，像鬼抓糯米粑一样，生怕失去她，还用一道道金箍把她箍住——那是河上的桥。

接着上天又厚给泗城一部历史，一部泗城永远为之骄傲和自豪的历史。《凌云

◎ 快乐瑶妹—蒙卫平 摄

◎ 泗城府知府匾–向志文 摄

县志》记载：宋皇祐五年（1053年），置泗城州；明洪武六年（1373年），泗城州治迁至古磡峒。这个古磡峒，就是今天的泗城。又载：清顺治十五年（1658年），泗城知州岑继禄率兵从征滇黔立功，泗城州晋升为泗城府；清顺治十八年（1651年），泗城府改称泗城军民府，辖凌云、西林两县及西隆州（今隆林各族自治县、田林县）。这里有三个时间节点非常重要：第一是1053年，宋皇祐五年，开始有泗城州，这个时间距离今天（2018年）965年；第二是1373年，明洪武六年，泗城州迁治至今天的泗城，这个时间距离今天645年；第三个是1658年，清顺治十五年，泗城州晋升为泗城府，这个时间距离今天360年。

毫无疑问，在广西百色西部、西北部，没有哪座城镇有泗城这样的历史。正如所有的中国人都为中华民族有五千年文明史而骄傲自豪，泗城人也为泗城有这样一部厚重的历史而感到骄傲和自豪；正如今天的北京人都为自己的京城籍贯而骄傲自豪，今天的泗城人也应为自己的古府籍贯而感到骄傲和自豪。

泗城人的骄傲和自豪是有道理的。尽管州治、府治在今天的泗城已经成为邈若黄鹤远逝的风景，但曾经数百年的州、府治地，无疑为泗城积淀了深厚的历史文化。提起历史文化，当地的古诗特别让泗城人自豪。现录两首如下。

第一首是明代泗城土知州岑绍勋的《汾州钓鱼台刻诗》，曰：

归去来兮今已归，紫袍不换绿蓑衣。
百年但有青山在，两鬓何妨白雪飞。
晓梦不惊晨吏报，家寒且喜鳜鱼肥。
多情最是潭心月，夜夜邀人上钓矶。

第二首是清代吴鸿儒的《妻墓刻诗》，分为其一、其二。曰：

其一

逝水年华去不回，空留香骨瘗山隈。
伤心恨煞人千古，触目愁看土一堆。
芳草绿时蝴蝶梦，夕阳红处杜鹃哀。
茫茫末了今生愿，结发还期再世来。

其二

已断姻缘未断恩，伤怀往事怕重论。
月明环佩销声响，花落胭脂湿泪痕。
早识黄金难买寿，谁言红粉易招魂。
断肠最是清明节，芳草萋萋认墓门。

文化一词内涵博大，拿文化跟文学比，文化是一只美丽的孔雀，文学只是孔雀的尾巴。但文化的体现，往往以文学为最具魅力的形式，犹如孔雀亮相，开屏了你才是孔雀，不开屏你就是只火鸡。

这两首古诗在泗城，几乎家喻户晓。泗城人向外面的人介绍这两首诗时，表情优越，像展示家中宝物一样。

作为府城后裔的泗城人深知自己的优越来自何处，珍惜着所有祖宗遗留下来的东西。今天的泗城，虽然经过数百年风侵雨蚀和社会发展变迁，那个遥远的州署、府衙已不复存在，但建于康熙年间土府时期的春熙门尚在，挹翠门尚在，太平桥尚在，文庙尚在，下马石也尚在。这些古建筑古设施都被府城后裔们以重点文物的待遇严格保护起来，并经过无数次的修葺维护，依然古色古香地保留着始建的风姿。春熙门的古雅，挹翠门的巍峨，太平桥的豪迈，文庙的肃穆，下马石的威严，依然与清清流淌的泗水河相依相伴，厮守着悠悠岁月，滋养着泗城人的精神世界。

近千年古州府治地给泗城人留下的不光是这些古建筑古设施，更重要的是精神上的东西，那是一笔无形的遗产。虽然无形，但确实存在，表现为古府后裔的文化自信和传承，并渗透在泗城人点点滴滴的生活细节之中。

在人与人之间的关系上，泗城人是友善的，恭谦的，明礼的，显出教养良好的大家风范。这里有个对比——同样是广西西部，某地，人们习惯自称为"爷"，乳臭未干的黄毛小儿也自称为"爷"。如果这个黄毛小儿在别人面前自称"爷"，也就罢了，反正大家都没有规矩。问题是这个小儿在父亲面前，甚至在真正的爷（祖父）面前，照样毫不例外地自称为"爷"。于是就编造了这样一则笑话：一个小儿，父亲叫他去喊祖父回家吃饭，他去了，对祖父说："爷，爷叫爷来喊爷回去吃饭。"当地小儿称呼祖父、父亲都叫"爷"，这句话里有三个爷，一个是祖父，一个是父亲，一个是小儿自己。

泗城人绝对不这样自称。泗城壮族在长辈面前自称为"努"。"努"是"晚辈"的意思。这样自称既恭谦又儒雅，属于中国读书人传统的礼仪。从这个自称，你可以看到中国传统文化在古府泗城的绵延，你也可以看出泗城人对传统文化的认同和接受，还有坚持——这难道不是一种文化自信吗？

在年复一年的庸常生活中，曾经沧海的泗城人崇尚的是一种优雅、从容、淡定的生活态度。在泗城，有两种美食知名度很高，可以说享誉"泗内外"。一种是狗肉粉，一种是羊骨汤。狗肉粉独霸泗城早餐界，而羊骨汤，则是垄断了泗城的夜生活。别处的人吃早餐，叫吃，吃饱了去办事，去工作，所以总是吃得匆匆。而泗城人吃早餐，那不叫吃，叫品。来到早餐点，先要一碗米粉，二两或者三两，调上浓浓的狗肉汤。再要五元或者八元狗肉，师傅帮你切成香喷喷的肉片，盖在米粉上，再撒些狗肉香在上面。端到桌上坐定，这食客再从衣兜或者裤兜里摸出一只扁瓶子，里面装的是酒。就这样一口米粉一块肉，一块狗肉一口酒，对着瓶嘴喝，慢条斯理，不慌不忙，从从容容，还跷上二郎腿。看着他们品早餐，旁边的人都馋，这馋还应该叫羡慕，馋的不光是他们碗里的美食，更是他们从容不迫的姿态。

到晚上，夜生活开始，穿城而过的泗水河两岸飘荡着羊骨汤诱人的香气。街道临河一侧的柳树下面，早已摆好一排排中间开着一个圆孔的木桌，只等放进炭炉，架上火锅，慢慢熬汤。享受夜生活的食客们陆续来了，悠闲懒散的样子。店家连忙招呼坐桌，生火生炉子，端来火锅，里面盛满刚刚煮熟的羊骨，架在炉上，加上汤，再抱来一件白酒或两件啤酒，让客人慢慢品尝，一边谈天说地。护栏外面，泗水河映着灯光，闪闪烁烁，看去像一个梦，又像一幅多彩的油画。这画如果不是丹青圣手的醉意挥洒，就是一个三岁顽童的胡乱涂鸦。但，美。事实上这幅画就是这些懒懒散散地消受着夜生活的泗城人用他们迷离的醉眼画出来的。

狗肉粉和羊骨汤确实很有风味，但它们其实也没有多少创意，可以在任何一个地方发生。它们不在别的地方发生，而在泗城成名，奥秘在于孕育它们的，不是狗，不是羊，也不是什么秘不传人的香料，而是泗城人的雅兴。

喝过羊骨汤，泗城人还要去茶庄饮茶，将夜生活进行到底。泗城是中国有名的茶乡，周边高海拔山上云雾缭绕，云里雾里长出的白毫茶了不得，香，而且提神，让人精神振奋。用泗水河水泡的白毫茶，泗城的水，泗城的茶，泡出仙山琼阁的境界，更绝。

朋友甲，一个诗人，也是个玩家，一个吃货。朋友甲一辈子向往泗城，向往古府的诗，向往狗肉粉羊骨汤，还有酒和茶，还有泗城人的从容和悠闲。他很想成为一名泗城人，可他成不了泗城人，因为他不是泗城人。于是他隔三岔五往泗城跑。每次跑泗城回来，朋友甲都会找朋友唾沫乱飞，滔滔不绝。以上文字十有六七就是他跑泗城回来滔滔出来的。后来我也亲自去了一趟泗城，他的滔滔得到确证，我也想成为泗城人。只可惜，他成不了泗城人，只能继续向往泗城，而我同样也成不了泗城人，只能向往泗城。

【作者简介】黄爽，20世纪80年代初开始文学创作，曾在《民族文学》《青年文学》《广西文学》《广州文艺》《草原》等刊物发表中篇小说多篇，广西作家协会会员。

造 访 凌 云

纤 夫

迎晖山的霞光如意吉祥

泗水河的情怀亲和坦荡

文庙里

香火千年兴旺

浩坤湖

诗词百世流芳

泗城古府演绎婉约豪放

摩崖石刻印记岁月沧桑

远古的传说

经典时尚

云端的茶园

天地俯仰

千般柔美凌云的流水

万般坚韧凌云的山冈

◎画里凌云–林军 摄

白毫茶叶

天下飘香

邻里乡亲

古道热肠

风雨洗礼着峰情河韵

史书传承着隽永辞章

巧笔难画

这方图景

再远的宾客

还来造访

【作者简介】纤夫，原名李小华，广西作家协会会员，现供职于广西百色市文联。